노자의
유언

노자의
유언

안성재 지음

어문학사

1

옅은 파란색 레이스 커튼이 드리워진 창문을 통해 오후 햇살이 들어와 방 안을 따스하게 비추고 있다. 그리고 그 빛으로 인해 눈가의 주름이 더욱 선명해진 한 중년의 남자가, 햇살을 얼굴 전체로 감싸며 너그러운 미소로 반기고 있었다.

"준비되셨나요?"

어깨가 벌어져 건장하게 보이는 몸매에 키가 180은 되어 보이는 40대 후반에서 50대 초반으로 보이는 중년의 남자가, 그 목소리에 문득 무언가 생각하던 것이 끊겼다는 표정을 짓더니, 이내 돌아서서는 미소를 머금으며 서서히 고개를 끄덕였다.

"오늘은 '베리타스'를 출판한 대동출판사 성덕일 사장을 모시고 이야기를 나눠보겠습니다. 사실 이 책의 내용에 대해서는 굳이 따로 설명을 안 드려도 모르시는 분들이 없겠습니다만, 많은 분들이 박성중과 신재화 이 두 저자에 대해서 궁금해 하고 있는데요. 사장님께서는 이 두 저자와 어떤 인연으로 지금까지 함께하시게 된 겁니까?"

기자의 질문에 성덕일 사장이 입을 열었다.

"음, 그러니까 3년 전으로 거슬러 올라갑니다. 그때 저는 경찰이었는데, 어느 날 우연히 신재화 교수 사건을 맡게 되었습니다.

어쩌면 그것은 우연이 아니라 필연이었는지도 모르겠군요."

*

　중국 산시(山西)성(省) 윈청(运城), 사방이 산으로 에둘러 싸인 시골의 한 작은 마을. 곳곳에 깔끔히 정돈된 계단식 논이 보이고, 그 사이로 푸르게 자란 벼들이 바람을 따라 살랑살랑 흔들리고 있었다. 얼핏 보니, 검은색 뿔테안경을 끼고 보통 키에 볼살이 통통한 30대 초반 혹은 중반 정도쯤 되었을까? 한 젊은이가 등에 배낭을 짊어지고는 여기저기를 찾아다니며 사람들에게 무언가를 묻고 있다. 그리고 때로는 수첩에 무언가를 열심히 적고 있는데, 모자챙 밑으로 언뜻언뜻 보이는 눈빛이 사뭇 진지하기조차 했다. 이미 땀과 흙먼지에 찌들대로 찌든 모자와 상하의, 그리고 등에 메고 있는 푸른색의 작은 배낭과 뽀얗게 흙이 묻은 등산화의 상태로 보았을 때, 이 젊은이는 단순히 여행을 하고 있다기보다는 어떤 답사나 조사를 하고 있는 듯했다. 끊임없이 장소를 옮겨 다니며 무언가를 묻고 다니는데, 마을 사람들과 정겹게 인사하는 모습에서 그가 적잖은 시간 동안 이곳에서 머무르고 있었음을 짐작할 수 있다.

　그 젊은이가 마을 사람들과의 대화에 열중하고 있을 때, 먼발치에서 한 젊은 여성이 지나가다가 잠시 발걸음을 멈추고 그 젊은

　　　　　　　　　　　　　　　　　　　노자의 유언

이를 한참 동안 응시하더니, 이내 안타까운 표정을 지으며 고개를 돌리고 떠났다. 하얀색 바탕에 선명한 붉은색 꽃문양의 치파오를 입은 그녀의 복장을 보니, 이 마을에 사는 여인인 듯 보인다.

잠시 후 산 너머로 해가 기울며 노을이 져서 마치 마을 전체에 불이 난 듯 붉은빛이 감돌자, 그때서야 젊은이는 하늘을 한 번 쳐다보고는 발길을 돌려 집으로 향했다.

그는 20평 남짓 규모가 그리 크지는 않지만 나름대로 깔끔하게 정돈되어 있는 시골 냄새 물씬 나는 집으로 들어와, 입구 바로 맞은편의 부엌에서 식사 준비를 하고 있는 아주머니에게 다녀왔다는 인사를 하고 몇 마디 거들더니 자기 방으로 들어갔다. 그러고는 바로 속옷을 챙겨 방 옆의 화장실로 들어가 샤워를 하기 시작했다. 샤워기에서 따뜻한 물이 계속 뿜어져 나오는 동안, 젊은이는 무언가를 고민하는 듯 한참 동안 샤워기 밑에 우두커니 서 있었다. 그러다가 샤워기의 물을 끄고 세면대 바로 위에 걸려 있는 김이 서린 거울을 손바닥으로 훔치고는, 자신의 얼굴을 뚫어지게 쳐다보면서 혼잣말로 중얼거리기 시작했다.

'내가 여기에 있는 시간들이 과연 옳은 것일까? 벌써 두 달이 다 되어 가는데! 아무것도 건진 것이 없잖아. 내 판단이 잘못된 건가?'

안경을 벗으니 낮에 밖에서 보였던 동글동글한 모습과는 달리,

다소 옅은 눈썹에도 불구하고 태양에 그을린 구릿빛 피부 때문에 하얀 눈자위가 유난히 더 빛났다. 특히 거울 속에 비친 젊은이의 오른쪽 이마 윗부분이 유난히 눈에 띈다. 마치 탈모 현상이 일어난 것처럼 유독 그 부분만 머리카락이 없다. 아마도 과거에 머리에 큰 상처를 입은 듯……

샤워를 마치고 자신의 방으로 돌아온 그가 노트북을 켜고 무언가 열심히 타자를 치고 있는데, 노크 소리가 나면서 한 여인의 목소리가 들렸다.

"성중 씨, 들어가도 돼요?"

아까 낮에 먼발치에서 젊은이를 한참 동안 응시했던 바로 그 여인이었다. 붉은색 치파오를 입은 모습과는 달리 평상복으로 즐겨 입는 듯한 하늘색 원피스를 입고 있었다. 마치 아미와도 같은 얇고도 진한 눈썹과 우윳빛의 뽀얀 피부에 아담한 체구, 윤기 있게 찰랑거리는 긴 생머리를 한 소녀의 모습에서, 그녀의 나이를 쉬이 가늠할 수 없었다.

성중은 그녀의 목소리가 들리자 황급히 책상 위에 있던 모자를 쓰고는 문을 열어주었다. 그런데 문을 열자마자 그녀는 바로 성중에게 쪽지 한 장을 건네주고는, 아무 말도 하지 않고 방을 나섰다. 그리고 잠시 고개를 돌려 성중을 응시하며 부끄러운 듯 말했다.

"비밀 꼭 지켜야 해요!"

그녀는 좀 수줍었는지 우윳빛의 볼이 불그스름해졌다. 쪽지를 받아든 채, 황급히 나가는 그녀를 멍하니 바라보다가, 성중이 얼떨결에 입을 연다.

"아⋯⋯알았어요, 걱정마요."

2

그로부터 두 달 정도 지났을까? 어느 해질 무렵, 경쾌한 발걸음과 함께 모자챙 밑으로 보이는 성중의 얼굴은 이전과는 다른 무언가 말할 수 없는 흥분된 기운으로 가득 차서 발그레 상기되어 있었다. 집으로 돌아가 여느 때와 마찬가지로 부엌에서 일하고 있는 아주머니에게 "저 돌아왔습니다!"라고 한 마디 던지고는 바로 자기 방으로 들어갔다. 평소와는 달리 달랑 인사 한 마디 던지고 휑하니 방으로 들어가는 그의 뒷모습을 바라보며 아주머니는 고개를 갸우뚱거렸다.

잠시 후 그는 갈아입을 옷을 챙겨서 샤워실로 들어갔다. 콧노래까지 흥얼거리며 들어간다. 샤워실의 서리 긴 거울에 살며시 비치는 얼굴 표정 속에 충만한 자신감을 보아, 오늘은 평소와는 다른 무언가를 찾아낸 듯했다. 성중이 자신의 방에서 옷을 갈아입고 있는데, 방문 밖에서 한 젊은 여성의 목소리가 나지막하게 들렸다.

"성중 씨, 나와서 밥 먹어요."

성중은 그 소리를 듣자, 마치 기다리고 있었다는 듯 환한 표정으로 반기며 다소 상기된 목소리로 대답했다.

"알았어요, 금방 갈게요."

성중이 부엌으로 들어가니 이미 한 중년 부부와 젊은 여인이 식탁에 앉아 그를 반기고 있었다.

"어때? 자네가 여기에 온 지도 벌써 4개월이 지났는데, 오늘은 뭐라도 얻어낸 것이 있는가?"

중년의 남성이 식사 중의 침묵을 깨고 질문을 던지자, 성중은 잠시 무언가를 생각하더니 입을 열었다.

"내일, 저는 베이징으로 돌아가려 합니다."

식사를 하던 젊은 여인이 그 말을 듣고는, 갑자기 음식이 목에 걸린 듯 연신 기침을 한다.

"창징아, 왜 그래? 괜찮아?"

곁에 있던 중년 여성이 묻자, 창징이 잠시 호흡을 가다듬고는 부끄러운 듯 나지막한 목소리로 대답했다.

"엄마, 저 괜찮아요."

잠시 후 중년의 남성이 먼저 일어나 방으로 들어갔다. 그러고는 수첩을 뒤적이다가 어디론가 전화를 걸었다.

"네, 내일 떠난다고 했습니다."

그가 통화를 마치고 수화기를 내려 놓을 때, 마침 창징의 엄마가 방으로 들어오면서 그 모습을 보고는 물었다.

"여보, 누구와 통화한 거예요?"

"응, 별거 아냐."

그러고는 중년의 남성은 황급히 방을 나가버렸고, 창징의 엄마는 그런 남편의 뒷모습을 잠시 바라보더니 역시 대수롭지 않은 듯 뒤따라 나갔다.

3

저녁식사를 하고 난 성중은 방으로 돌아와 짐을 챙기기 시작했다. 그리고 그날따라 유난히 서둘러서 잠을 청했다. 하지만 잠이 잘 오지 않는지 계속해서 몸을 뒤척였다. 그러기를 한참, 성중이 미동도 없이 잠에 빠져 있을 때였다.

쉬- 하고 미세한 소리가 들리기 시작하더니 창문 틈으로 무색 무취의 기체가 스며들어왔다. 그리고 어느 정도 시간이 흐르고 이내 쉬- 하던 소리가 멈췄다.

다음 날 아침, 평소와 다름없는 쾌청한 날씨에 성중은 기분 좋게 기지개를 켜며 일어났다. 4개월이 넘는 시간 동안 적잖이 정을 붙인 곳이기에 떠나기가 좀 아쉽기는 했다. 하지만 성중에게는 무엇보다 해야 할 일이 있었기에 아쉬움은 잠시 뒤로 해야만 했다. 더구나 일을 마치고 다시 돌아오면 되지 않는가.

성중은 짐을 다 챙기고 문 앞에서 기다리던 중년 부부 그리고 창징과 아쉬운 작별의 인사를 하고는 버스 정류장으로 향했다. 하지만 조금 가다가 이내 짐을 길에다 내려 놓고는 다시 창징에게로 달려와 말했다.

"금방 돌아올게요!"

어쩌면 성중이 이곳을 떠나기 섭섭해했던 이유가 바로 그녀였는지도 모른다. 창징은 성중의 갑작스러운 행동에 부끄러운 듯 부모님의 눈치를 보다가는, 이내 고개를 살짝 끄덕였다. 그리고 성중의 뒷모습을 바라보면서 작게 손을 흔들었다.

기차역에 내린 성중은 서둘러 베이징 행 기차를 타는 플랫폼으로 발길을 재촉했다. 그런데 빠르게 걷다가 성중은 갑자기 멍한 표정을 짓더니 걸음을 멈췄다.

'내가 지금 어디에 있는 거지? 이 짐들은 다 뭐고……'

잠시 생각을 가다듬다가 성중의 표정이 이내 밝아진다.

"내 정신 좀 봐라, 이 나이에 벌써 치매인가?"

성중은 혼잣말로 중얼거리고는 머쓱한 표정을 지었다. 그리

　　　　　　　　　　　　　　　　　　노자의 유언

고 오른손으로 머리를 툭툭 치면서 다시 플랫폼으로 걸음을 재촉했다.

베이징에 도착하자, 성중은 곧바로 핸드폰을 꺼내들고는 어디론가 전화를 했다.

"여보세요, 아, 지도교수님, 안녕하세요. 저 성중인데요. 지금 찾아뵈어도 될까요? 아, 예, 잠시 후에 뵙겠습니다."

성중은 버스에서 내려 베이징대학 현판이 걸린 서쪽 문으로 들어갔다. 캠퍼스를 가로질러 가다보니, 그리 크지는 않지만 단아하고도 고풍스러운 자태를 뽐내는 이층 건물들이 중앙의 잔디밭을 둘러싸고 있었다. 베이징대학은 한국과 달리 중문과와 철학과 그리고 사학과 등의 인문학과들이 각자 이층의 건물을 단독으로 쓰고 있는데, 성중은 그중에서 중문과 건물의 이층으로 올라가 '古典文学研究室(고전문학연구실)'이라고 쓰인 방으로 들어갔다.

60대 초반 정도의 머리가 반백인 성중의 지도교수는 안경을 한번 쓸어올리고는 성중을 맞이했다. 성중은 지도교수가 건네주는 차를 마시며 그간의 과정을 이야기했다. 그러다 대화 도중 문득 무언가 생각이 난 듯 물었다.

"교수님, 왜 저한테 노자(老子)의 유일한 저서인 『도덕경(道德經)』을 연구하라고 하셨나요?"

지도교수는 그의 갑작스런 질문에 잠시 당혹한 표정을 짓더니 대답했다.

"내가 하라고 한 것이 아니라 자네가 하겠다고 한 거지. 기억이 안 나나?"

성중이 의아한 표정으로 다시 물었다.

"예? 저는 줄곧 지도교수님께서 연구하라고 시키신 것으로 생각했는데요!"

"무슨 말을 하고 있는 건가? 당시 자네가 날 찾아와서는 노자의 번역에 문제가 있다고 하면서, 계속 노자를 연구하고 싶다고 했었지!"

한참 동안 적막이 방 안을 감싸고 있다가, 성중이 갑자기 환하게 웃으며 입을 열었다.

"교수님, 죄송해요, 제 기억력에 문제가 좀 있네요! 하하, 아마도 장시간 여행의 여파인가 봐요."

그리고는 성중이 머쓱한 듯 머리를 긁적이자, 그때서야 지도교수도 안심한 듯 웃으며 말했다.

"어서 돌아가 쉬게나. 모레 귀국하면 몸 좀 잘 보양하고."

성중은 가방 속에서 그간 정리한 보고서를 꺼내 지도교수에게 제출하고는 인사를 하고 나와 학교 안에 있는 기숙사로 돌아갔다. 조금 뒤 기숙사 방으로 돌아온 성중은 샤워를 마치고 몸을 닦은 수

노자의 유언

건을 목에 걸고는, 책상 서랍 안에 있는 비행기 표를 꺼내 들었다.

'6월 21일 오후 1시 25분 베이징 발 인천 도착'

6월 21일 오후 4시 30분, 제 시각에 인천공항에 도착한 성중은 비행기에서 내려 입국심사장으로 향했다. 그런데 성중은 인파 속에서 걷던 도중 갑자기 멈춰섰다. 뒤에 오던 사람들이 갑자기 멈춰선 성중과 부딪혔다.

"아, 미안합니다!"

뒤에서 길을 재촉하던 승객 하나가 성중에게 사과했지만, 성중은 그 말을 전혀 듣지 못한 듯 계속 멍하니 서 있기만 했다. 지나가는 승객 인파 속에서 혼자 우두커니 서 있는 성중. 간혹 몇몇 승객들이 이상하다는 듯 성중을 쳐다보지만, 성중의 눈동자는 초점을 잃은 지 오래였다.

4

비가 주룩주룩 내리는 어느 날 오후, 성중의 박사지도교수인 왕빈강(王斌剛) 교수가 자택에서 전화를 받고 있었다. 심각한 표정으로 통화를 마친 왕빈강 교수는 허탈한 듯 사무용 의자에 몸을 기댄 채 한참 동안이나 무언가 골똘히 생각하더니, 불쑥 의자에서 몸을 일으켜 책상 위에 쌓여 있는 서류 더미를 뒤적였다. 그리고 표지에 '報告书, 朴性中(보고서, 박성중)'이라고 쓰인 서류 하나를 찾아내, 처음부터 한장 한장 꼼꼼하게 읽어나가기 시작했다. 한참 동안 성중의 보고서를 검토하던 왕빈강 교수는 무언가 이상한 점을 발견했는지, 서재로 가서 책 몇 권을 들고 와 대조해 가면서 붉은색 펜으로 성중의 보고서에 표시를 했다. 그렇게 한 지 몇 시간이나 흘렀을까? 이미 사방은 어두워져 책상 위의 스탠드 불빛에 의지한 채, 끼고 있던 안경을 책상에 내려 놓은 왕빈강 교수는 두 손을 깍지 낀 채 무언가 곰곰이 생각하다가, 이내 결심을 굳힌 듯 몸을 일으켜 서재 밖으로 나갔다. 그리고 문틈으로 그의 말소리가 들렸다.

"여보, 나 대신 티켓 좀 예약해줘요. 내일 어디 좀 가야 해요."

2주일 후, 어딘가에서 돌아온 왕빈강 교수는 자신의 서재에서 성중의 보고서를 기초로 하는 세부 연구에 몰입하기 시작했다. 며칠이 지난 어느 날, 교수는 갑자기 멍하니 컴퓨터 모니터를 응시한 채 한참을 앉아 있다가 이내 머리를 흔들었다. 왕빈강 교수가 이렇듯 멍하니 있는 모습은 시간이 갈수록 그 횟수가 점차 빈번해졌다. 심지어는 치매 증세를 보이기 시작했다. 하루는 자신의 부인을

노자의 유언

보고 "당신 누구야? 어째서 내 집에 있는 거지?"라고 말하기도 하고, 학교에서는 직장 동료 교수조차도 몰라보는 등, 갈수록 그 증세가 점점 심해지더니, 급기야 강의 도중에 학생들 앞에서 머리를 부여잡고 고함을 지르며 발작을 일으키기도 했다. 왕빈강 교수가 출장에서 돌아온 지 한 달이 채 되지 않은 어느 날 저녁, 그는 자택의 서재 책상 앞에 앉아 머리를 의자에 기댄 채 숨졌다. 순간 왕빈강 교수의 컴퓨터 모니터에서는 누군가가 사용하고 있는 원격조종 프로그램에 의해 마우스 화살표가 움직이며 파일들이 삭제되고 있었다. 또한 책상 어디엔가 있어야 할 성중의 보고서와 왕빈강 교수가 그동안 출력했던 자료들도 어디로 갔는지 흔적조차 보이지 않았다.

5

그로부터 3년의 세월이 흘렀다.

한국 인천시 송도 센트럴파크 부근의 한 고층아파트 입구에 한 젊은이가 서서 인터폰을 눌렀다. 얼핏 봐도 키가 족히 180은 되어 보였다.

"누구세요?"

"아, 박성중 선생님 문제로 전화 드렸던 신재화라고 합니다."

잠시 후, 출입구의 자동문이 열리자 그 키 큰 젊은이는 안으로 들어갔다.

신재화라는 이 젊은이는 남자치고는 유난히 뽀얀 피부에 짙은 눈썹, 특히 오똑하게 선 높은 코가 마치 백인을 연상케 하는 외모를 갖고 있었다. 나이는 어림잡아 30세 정도 되었을까? 다부진 몸매에 반팔 셔츠 아래로 보이는 팔의 근육을 보아하니, 평소에 운동을 좋아하는 성격의 소유자인 듯했다. 그는 좀 어색한 듯 소파에 앉아 집 안을 훑어보기 시작했다. 눈으로 대충 봐도 50여 평은 되어 보이는 호화로운 집. 잠시 후 예순 살 정도의 풍채 좋은 남성이 다가와 소파에 앉았다. 뒤이어서 부인으로 보이는 중년의 여성이 커피 세 잔을 들고 다가와 찻잔을 돌렸다.

"당신도 여기 앉구려."

남자가 입을 열었다. 그는 부인이 소파에 앉기를 기다렸다가, 재화를 보며 다시 말하기 시작했다.

"베이징대학에서 우리 성중이와 같은 고전문학전공 박사과정을 밟고 있다고 했나요?"

소파에 앉아 어색함을 달래기 위해 집 안을 훑어보던 재화는, 성중 아버지의 질문에 얼른 시선을 돌리며 대답했다.

노자의 유언

"네, 그렇습니다."

"왕빈강 교수님은 잘 있는지 모르겠군요. 우리 성중이의 박사 지도교수님이셨는데, 성중이가 그렇게 되고 나서 우리 회사 직원을 통해서 마지막으로 통화했었습니다."

이 말을 들은 재화는 갑자기 표정이 굳어지면서 잠시 주저하다가 말했다.

"아! 저, 이런 말씀을 드려도 될지 모르겠지만, 왕빈강 교수님은 제가 입학하기 전에 이미 돌아가신 것으로 알고 있습니다."

이 말을 들은 성중의 부모는 깜짝 놀랐고, 서로를 쳐다보면서 한참 동안이나 말문을 열지 못했다. 그러다가 성중의 어머니가 긴장한 표정으로 묻기 시작했다.

"도대체, 언제 돌아가셨다는 거죠?"

"3년 전으로 들었습니다."

"3년 전이면 우리 성중이가 그렇게 된 것과 같은 해인데, 왜 갑자기……?"

재화는 잠시 생각하다가 대답했다.

"제 지도교수님과 주변 사람들을 통해서 듣기로는, 박성중 선생님이 그렇게 되었다는 소식을 접한 후에 왕빈강 교수님께서 어디론가 다녀오셨다고 합니다. 그 이후로 자꾸 이상한 증세를 보였다고 하네요."

"증세라뇨?"

다급해진 성중의 어머니가 대답을 재촉했다.

"저, 자세히는 모르겠습니다만, 종종 멍하니 서 있거나 동료 교수님을 몰라보고 심지어는 수업 중에 머리를 감싸고 괴성을 질렀다고 하네요."

재화의 말에 성중의 부모는 몹시 당황한 듯 서로를 쳐다보다가, 이내 서로의 손을 꽉 잡았다. 이번에는 성중의 아버지가 입을 열었다.

"아직도 그날의 상황이 머릿속에서 지워지지 않는군요. 3년 전 성중이가 중국에서 돌아온 날, 아이 엄마는 모처럼 성중이를 위해 갈비찜을 하고 있었어요. 우리 성중이가 갈비찜을 특히 좋아해서, 매년 그 애가 귀국할 때마다 갈비찜을 준비하고는 했답니다. 베이징에서 오후 1시 정도에 비행기를 탔고, 인천공항에서 우리 집까지 버스를 타면 30분 정도 걸리니, 시차를 감안해도 오후 6시면 집에 도착할 것이라고 생각했지요. 그런데 내가 회사에서 퇴근해서 귀가한 시각이 7시가 넘었는데도, 성중이는 오지 않았습니다. 핸드폰도 켜놓지 않고 해서 혹시 무슨 일이 생겼나 하고 걱정하고 있었는데, 밤 10시 정도가 되어서야 돌아왔더군요."

이어서 성중의 어머니가 말을 이었다.

"전 너무 걱정이 돼서 어떻게 된 일이냐고, 저녁은 먹었느냐고

노자의 유언

물었어요. 그런데 그때 성중이는 몸이 너무 무겁다고 먼저 들어가서 쉬겠다고 하고는 뒤도 돌아보지 않고 자기 방으로 들어가더군요. 그러더니 다음 날 아침 방에서 나와서는 자기가 언제 집으로 돌아왔냐고 오히려 묻는 것이 아니겠어요? 좀 이상하다 싶어서, 어제는 어떻게 된 일이냐고 물었더니 자기도 기억이 안 난다며 말을 흐리더니, 환하게 웃기만 하더라고요. 그리고 그날 이후로 이상한 일들이 계속해서 일어났어요."

재화는 진지한 표정으로 좀 더 자세히 들으려고 몸을 앞으로 기울였다.

"혼자 컴퓨터 모니터 앞에 멍하니 앉아 있는 모습들이 자주 보였어요. 때로는 자기가 여기에 왜 있는지, 우리가 누구인지 묻는 경우도 있었는데, 정말이지 그럴 때에는 얼마나 소름이 끼치던지. 그러다가 점차 그런 증세가 잦아졌고, 어느 날에는 방 안에서 고함을 지르는 소리가 들려서 달려갔더니, 컴퓨터로 작업을 하다가 혼자 머리를 쥐어뜯고 괴성을 지르며 몸부림을 치더라고요. 저는 너무 놀라서 119에 연락했고, 구급대원들이 성중이를 응급실로 데려갔어요."

"증세가 왕빈강 교수님과 비슷했네요. 병명이 뭐라던가요?"

재화가 물었다. 이에 성중의 아버지가 대답했다.

"회사에서 회의를 하다가 연락을 받고, 급히 병원으로 달려갔습니다. 담당 의사를 찾아서 물어보니, 뇌세포에 손상이 생긴 것 같다면서 CT와 MRI를 촬영해야 한다더군요. 하지만 검사 결과 후에도 의사는 명확하게 진단을 내리지 못했습니다. 다만 뇌의 신경 세포가 빠른 속도로 손상되고 있는 희귀병인 것 같다고만 했죠. 마치 알-"

"알츠하이머"

재화가 말을 이었다.

"왕빈강 교수님의 사인 역시 그와 비슷했다고 들었습니다. 하지만 알츠하이머는 장시간에 걸쳐 천천히 진행되는 데 반해, 왕빈강 교수님은 급속도로 악화되었죠. 왕빈강 교수님은 그 어딘가에서 돌아오신 지 한 달이 안 되어 돌아가셨다고 들었습니다."

"성중이도 한국에 온 지 한 달이 안 되어……"

성중의 어머니가 말을 다 하지 못하고 흐느끼기 시작했다.

그 모습을 본 재화는 잠시 말을 멈추고, 성중의 어머니가 진정되기를 기다렸다. 그리고 다시 말을 이었다.

"저 역시 박사반에 들어와 노자에 대해 연구하기 시작했습니다. 그러던 중 우연히 박성중 선생님과 왕빈강 교수님의 이야기를 듣게 되었죠."

"무슨 이야기인가요?"

성중의 아버지가 부인을 다독이다가, 재화를 바라보며 물었다.

"제가 노자의 『도덕경』을 번역하면서, 언제부터인가 기존의 『도덕경』 번역에 문제가 있다는 생각을 하게 되었습니다. 그리고 그 점에 대해 제 사형(중국에서는 같은 지도교수님에게서 사사받는 남자 선배를 사형이라고 부른다)들과 이야기를 나눈 적이 있는데, 그때 중국인 사형 한 명이 저에게 박성중 선생님과 왕빈강 교수님에 관련된 이야기를 해줬습니다."

"무슨 이야기인지 통 모르겠군요."

의아한 표정을 짓던 성중의 아버지가 잠시 생각에 잠기더니, 갑자기 무언가 퍼뜩 생각난 듯이 말했다.

"아! 예전에 통화를 할 때, 성중이가 논문을 준비하면서 엄청난 것을 발견했다고 하더군요. 그때 성중이의 목소리는 몹시 상기되어 있는 것이 매우 흥분된 상태인 것 같았습니다. 뭐라더라, 노자의 해석에 문제가 있다고 했나?"

이에 재화는 기다렸다는 듯 말했다.

"사실, 그래서 찾아뵙고자 한 겁니다. 저, 실례가 되지 않는다면, 박성중 선생님의 방을 좀 봐도 괜찮을까요?"

성중의 어머니가 남편을 쳐다보자, 그는 잠시 후 몸을 일으켜 거실 건너편 방으로 향했다. 그리고 방문을 열고 재화를 쳐다보면서 말했다.

"이 방입니다."

재화는 성중의 방으로 들어와 이곳저곳을 살폈다. 보통 논문을 쓸 때에는 전공 특성상 수많은 자료들을 검토해가며 작업을 해야 하기 때문에, 책장과 책상이 책들과 서류들로 어지럽혀져 있는 경우가 많다. 성중의 책상 왼편에 있는 책장과 책상 위는 비교적 정돈이 잘 되어 있었는데, 아마도 성중의 어머니가 나중에 정리를 해 놓은 듯했다. 재화는 책상 위의 서류들을 뒤적이며 이것저것 살펴보았지만 논문과 관련한 별다른 것을 찾을 수 없었다. 다만 모니터 위 면에 붙어 있는 포스트잇 한 장이 눈에 들어왔다.

'深藏若虛, 容貌若愚。(심장약허, 용모약우―깊이 감추어 마치 없는 것처럼 한다, 용모를 마치 어리석은 것처럼 하라)'

재화는 그 말을 보고는 씨익 한 번 웃으며 컴퓨터를 켜고 마우스로 여러 아이콘들을 열어보며 꼼꼼하게 살펴보기 시작했다. 한참을 그러더니 재화는 순간 무언가에 짐짓 놀란 듯 갑자기 의자에서 일어나 문을 열고 나갔다.

"저, 어머님. 박성중 선생님이 이 컴퓨터로 논문 작업을 한 적이 없나요?"

성중의 어머니가 소파에서 건너오며 말했다.

"저는 잘 모르죠. 하지만 성중이가 그 컴퓨터로 작업하는 모습들을 본 적이 있어요. 119에 실려 병원으로 이송되던 날도 컴퓨터로 무언가를 열심히 치던데. 왜 그러죠?"

이에 재화가 의아한 듯 말했다.

"박성중 선생님의 컴퓨터에서 논문 작업과 관련된 파일이나 어떤 흔적도 전혀 찾을 수가 없습니다."

6

재화는 병실에 누워 있는 성중의 모습을 아무 말 없이 바라만 보고 있었다. 이미 3년의 세월을 식물인간 상태로 누워 있었고, 링거를 통해 영양분을 공급받고 있기에 온몸의 근육이 모두 풀어져 있었다. 이전의 구릿빛 피부도 온데간데없었다. 게다가 몸의 살이 다 빠져서 앙상한 뼈가 살가죽으로 드러나 있었다. 성중의 아버지는 답답한 한숨을 내쉬고 있었고, 성중의 어머니는 곁에 앉아 성중의 이마를 손수건으로 닦아주며 눈물을 흘렸다.

"내 새끼. 어쩌다가, 어쩌다가."

재화는 어색한 분위기를 어찌해야 할지 몰라서 잠시 주저하다가, 무의식적으로 한 마디 내뱉었다.

"박성중 선생님이 어머님을 빼닮으셨네요."

아무런 반응이 없자, 재화는 왼쪽 손가락으로 자신의 허벅지를 꼬집으며 후회하는 표정을 지었다.

잠시 후, 담당의사가 회진을 왔다.

"어떻습니까, 선생님?"

성중 아버지의 물음에 담당의사는 말했다.

"이미 누차 말씀드린 것처럼, 환자는 알츠하이머와 같은 증세를 보이고 있습니다. 다만 일반적인 알츠하이머는 8년에서 10년에 걸쳐 진행이 되는데, 환자의 경우 진행 속도가 너무나 빠르다는 겁니다. 알츠하이머는 65세를 기준으로 이전에 발병하는 경우를 조발성 알츠하이머라고 하고, 65세 이후에 발병하는 경우를 만발성 알츠하이머라고 하죠. 통상적으로 조발성이 만발성보다 진행 속도가 빠르지만, 이 환자의 경우는 여태껏 보고조차 되지 않은 희귀한 형태로, 진행 속도가 너무 빨라서 병원 검사 결과가 나왔을 때는 이미 중등도 이상이었습니다. 따라서 치료 초기에는 중등도 이상에 쓰이는 NMDA 수용체 길항제만 쓰다가, 지금은 경도와 중등도 이하에서 쓰는 아세틸콜린 분해효소 억제제 계열을 병행해서 쓰고 있습니다."

"상태는 더 악화되지 않겠죠?"

성중 어머니의 걱정 섞인 질문에, 담당의사는 안경을 잠시 만지더니 입을 열었다.

"현재도 미약하기는 합니다만 계속해서 조금씩 진행되고 있기에, 뭐라고 명확하게 말씀드릴 수 없습니다. 다만 저희로서는 진행을 최대한 억제하려고 노력하는 거죠."

목례를 하고 문을 나서는 담당의사 일행의 뒷모습을 보며, 성중의 아버지와 어머니는 뭐라고 말할 수 없는 착잡한 표정을 지을 수밖에 없었다.

잠시 후, 재화는 정중히 성중의 부모님께 인사를 드리고 병실 문을 나와 서울에 있는 자신의 집으로 향했다. 버스를 타며 오는 내내 창가로 비치는 야경을 멍하니 바라보던 재화는, 성중의 컴퓨터 모니터에 붙어 있던 포스트잇을 생각하다가 갑자기 중얼거렸다.

"심장약허, 용모약우. 심장약허, 용모약우. 심장약허, 용모약우."

집으로 돌아온 재화는 신발을 벗어 던지고는 허둥지둥 자신의 방으로 달려 들어가 책장에서 책 한 권을 빼들었다.

"사마천의 〈사기열전〉"

끊임없이 "심장약허, 용모약우. 심장약허, 용모약우. 심장약허, 용모약우"라는 말을 중얼거리며 책장을 들추던 재화는 〈노자한비열전〉 부분에서 갑자기 움직이던 손을 멈췄다. 그러고는 손가락으로 한 문장 한 문장 꼼꼼히 살피다가 입을 떼었다.

"오문지, 양가심장약허, 군자성덕, 용모약우."

그랬다. 성중의 모니터 위 포스트잇에 쓰여 있던 '深藏若虛, 容

貌若愚(심장약허, 용모약우)'는 공자가 '예(禮)'를 묻기 위해서 노자를 찾았을 때, 노자가 대답한 말을 네 글자씩 대구(對句)로 압축한 것이었다. 재화는 다시 한 번 손가락으로 그 문장을 밑줄 그으며 천천히 음미하기 시작했다.

"吾聞之, 良賈深藏若虛, 君子盛德, 容貌若愚。(오문지, 양가심장약허, 군자성덕, 용모약우—내가 들으니, 훌륭한 장사꾼은 깊숙이 숨겨 마치 비어 있는 듯하고, 군자가 덕이 가득차면 용모가 우매한 것처럼 보인다고 하오)"

재화는 몸을 의자에 기댄 채 두 다리를 책상에 올리고는, 팔짱을 끼고 혼자서 이 문장을 계속 중얼거렸다. 한참을 그러던 재화는 문득 무언가 생각난 듯 다시 몸을 바로 하고, 이 문장을 노트에 적더니 펜으로 분석하기 시작했다.

"良賈(양가)'와 '君子(군자)'는 '훌륭한 장사꾼'과 '군자'라는 뜻으로 대구가 되고, '深藏若虛(심장약허)'와 '容貌若愚(용모약우)' 역시 구조상 대구가 되지. '깊숙이 숨겨 마치 비어 있는 듯하고, 용모가 마치 우매한 듯하다'고 했으니, 여기서 '若(약)'은 '마치 ~인 척하다'라고 해석할 수 있겠지? 그렇다면 '虛(허)'와 '愚(우)'의 공통점을 찾아야 하는데, '허'는 비어 있다는 뜻이고, '우'는 우매하다는 뜻이니까, 이 둘을 합치면 '비어 있는 척하다' '우매한 척하다'……"

한참을 펜으로 끄적거리던 재화는 마지막에 무언가를 적기 시

노자의 유언

작했다.

"없는 척하다."

"모르는 척하다."

"숨기다!"

다음 날 아침, 재화는 일찍 옷을 갈아입고 전화를 하더니 부지런히 집을 나섰다. 그러고는 인천 행 버스를 타고 다시 성중의 집에 도착했다. 성중의 아버지는 이미 출근한 뒤였고, 성중의 어머니가 집에 있었다. 어머니는 커피를 내오며 물었다.

"무슨 말이죠? 할 말이라는 것이?"

"박성중 선생님은 한국에 돌아와서 무언가를 발견한 것 같습니다."

"무엇을요?"

"지금으로써는 저도 아는 바가 없습니다. 그래서 이렇게 도움을 부탁드리는 겁니다."

"내가 뭘 어떻게 도와야 하는 건지……"

"박성중 선생님 컴퓨터의 모니터에 붙여진 포스트잇 내용, 혹시 그게 무슨 뜻인지 알고 계셨나요?"

"성중이가 한국에 돌아오고 나서 물어본 적이 있는데, 그냥 자기 박사논문을 완성하는 데 중요한 열쇠가 된다고 하더군요. 그런데 그게……"

성중의 어머니가 이해가 잘 안 간다는 표정을 짓자, 재화가 말을 이었다.

"그건 '숨기다'라는 의미입니다. 혹시 박성중 선생님이 의식을 잃기 전에, 무언가 숨기거나 또는 그와 관련하여 말한 것이 없었나요? 이건 아주 중요한 문제입니다."

"아뇨. 전혀요. 도대체 무슨 말인지 통 알 수가 없네요. 우리 성중이가 뭘 숨긴다는 건지……"

성중의 어머니는 재화의 말이 무슨 뜻인지 도통 알 수가 없었다. 이에 재화가 초조해진 듯 말했다.

"아무것이라도 좋습니다. 아주 작은 변화라도 좋으니, 한번 생각해주세요."

잠시 후, 재화는 허탈한 표정으로 성중의 집을 나섰다. 어디서부터 풀어야 할지, 어디로 가야 할지조차 모르겠다는 생각에 한숨만 절로 나왔다. 차라리 이 시간에 논문에 필요한 연구를 할 것을. 괜히 이 일을 시작한 것은 아닐까? 하는 회의감이 밀려들어왔다. 무작정 옮긴 발걸음에 성중의 집 근처에 있는 센트럴파크에 이르자, 재화는 무턱대고 호수를 끼고 산책하기 시작했다. 그리고 시간이 얼마나 흘렀을까?

"삐리리리리— 삐리리리리—"

핸드폰을 보니 화면에 박성중 선생의 집 전화번호가 떴다. 재화는 다급한 마음에 얼른 통화 버튼을 눌렀다.

"여보세요. 네, 제가 신재화입니다. 네네."

성중의 침대 앞에 서서 재화와 성중의 어머니가 이야기를 나누고 있었다. 성중의 어머니는 손으로 성중의 머리카락을 제치며 오른쪽 이마 끝을 가리켰다.

"여기를 보면, 문신이 보이죠? 성중이가 유치원에 다닐 때 그네를 타다가 그만 앞으로 넘어졌는데, 하필 거기에 돌이 박혀 있어서 이마를 크게 다친 적이 있습니다. 얼른 병원으로 데려가 수술을 했는데, 마취제 때문에 그 이후로는 상처 부위에 머리카락이 자라지 않았어요. 성중이가 좀 커서는 늘 그 부분이 신경 쓰였는지, 평상시에도 항상 모자를 써서 가리고는 했죠. 그러다가 3년 전에 성중이가 한국에 돌아오고 나서 며칠이 안 되어 갑자기 그 상처 부위에 문신을 했다고 하더군요."

재화는 다가가 성중의 문신을 자세히 보더니 말했다.

"단순히 검은색으로 문신한 것이 아닌 것 같은데요?"

"무슨 말이죠?"

성중의 어머니가 재화를 한 번 쳐다보고는, 다시 성중을 바라보며 물었다.

"여기를 자세히 보시면, 곳곳에 문신을 하지 않은 부분이 있습니다. 이건 난순한 문신이 아니라 무슨 글자나 문양을 새긴 것 같은데. 보이시나요?"

재화의 말에 성중의 어머니가 더 가까이 다가가 자세히 성중의 이마를 살펴보았다. 그러더니 자신의 가방에서 평상시에 작은 글자를 볼 때 쓰던 휴대용 돋보기를 꺼내 살펴보기 시작했다.

"그런 것 같기도 하네요. 꼭 무슨 숫자 같기도 하고."

"숫자요?"

그 말에 재화의 귀가 솔깃했다.

"무슨 숫자 같은가요?"

휴대용 돋보기로 자세히 바라보면서, 성중의 어머니가 대답했다.

"알 수가 없어요. 마치 무슨 예술작품이나 암호처럼 너무 복잡하게 꼬아 놓았어요. 돋보기로도 잘 보이지는 않네요."

재화 역시 그 돋보기를 대고 자세히 살펴보았지만, 성중의 어머니 말처럼 복잡하게 꼬여 있어 전혀 알아볼 수가 없었다.

"혹시 이 문신 어디서 했는지 알 수 있을까요?"

"글쎄요. 너무 오래된 일이라서. 음……"

재화가 잠시 생각하다가 다시 입을 열었다.

"저, 죄송하지만 박성중 선생님의 예전 사진이 있으면 한 장 빌려주시겠어요? 곧 돌려드리겠습니다."

노자의 유언

"제 지갑에 항상 지니고 다닙니다만, 왜 그러죠?"

재화의 부탁에 의아해 하며 성중의 어머니가 묻자, 재화가 대답했다.

"혹시라도 문신을 해준 사람에게 박성중 선생님의 예전 사진을 보여주면 뭔가를 찾을 수 있을까 해서요. 박성중 선생님의 지금 모습으로는 찾기가 어려울 것 같습니다."

재화가 성중의 얼굴을 한 번 힐끗 쳐다보고 대답하자, 성중의 어머니는 아들의 모습을 쳐다보다가 그만 마음이 아파졌다. 얼른 눈치를 챈 재화는 급히 이 상황을 수습하려고 했지만, 오히려 성중의 어머니가 그의 말을 가로막으며 말했다.

"괜찮아요. 사실인걸요."

"죄송합니다. 제가 아무 생각 없이 그만……"

재화가 너무 미안해 하자, 성중의 어머니는 마치 화제라도 돌리려는 듯 혼잣말로 중얼거렸다.

"그나저나, 어디에서 문신을 했는지도 모르는데 어떻게 찾겠다는 것인지 모르겠네요."

"저도 막막합니다. 그냥, 문신 하면 서울 남대문이 제일 먼저 떠올라서……"

재화의 말에 성중의 어머니가 뭔가 생각났다는 듯 상기된 표정으로 말했다.

"아, 남대문! 맞아요, 성중이가 남대문에서 했다고 했어요."

성중은 해가 뉘엿뉘엿한 오후에나 서울 남대문의 어느 한 골목
에 도착했다. 하지만 곧바로 눈앞이 깜깜해졌다. 사방이 온통 문신
하는 곳이었는데, 어림잡아도 몇 백 곳은 되어 보였거니와, 더 큰
문제는 그 골목을 벗어나서도 여기저기 문신하는 곳이 뿔뿔이 흩
어져 있었기 때문이었다.

"후우, 막막하네……. 일단 시작은 해보자!"

한집 한집 성중의 사진을 들고 저녁까지 찾아다녔지만, 재화는
실마리조차 찾지 못했다. 벌써 하늘은 캄캄해지고 가로등이 켜지
기 시작했다.

"집이 서울이니 망정이지."

결국 재화는 늦은 시간까지 돌아다니다가 중도에 포기하고 집
으로 돌아와야 했다.

나흘째 되던 날, 재화는 여전히 남대문의 문신 골목을 전전하
고 있었다.

"이제 마지막 집인가?"

재화는 간판을 한 번 쳐다보고는 계단을 통해 이층으로 올라갔
다. 잠시 후 재화는 다시 계단을 내려왔다. 재화의 표정에는 실망

감이 서려 있었다.

'남대문에 있는 집은 다 찾아다닌 것 같은데, 도대체 박성중 선생님은 문신을 어디서 한 거지?'

그렇게 한참을 골목에 서서 생각하고 있는데, 재화에게 한 남성이 다가왔다.

"찾으셨소?"

재화는 그 남성의 얼굴을 쳐다보더니, 이내 생각이 난 듯 말했다.

"아, 어제 제가 한번 찾아갔었던 분이군요. 아뇨, 아직입니다. 생각이 난다는 사람이 없네요."

"혹시 서종원이라는 이름을 들어본 적이 있소?"

재화가 들어본 적이 없다는 표정을 짓자 그 남성은 계속 말을 이었다.

"숫자를 예술적으로 형상화해서 작품을 만드는 사람인데, 몇 년 전까지 이 골목에서 우리와 같은 일을 하다가 지금은 나름대로 유명해져서 개인 작업실을 냈지. 아마 작업실이 인사동에 있다고 했던가?"

그 말을 듣자마자 재화는 이내 표정이 밝아져서, 그 남성에게 연신 고맙다고 인사를 하고는 발걸음을 바로 인사동으로 옮겼다.

"서종원 화실, 서종원 화실, 서종원 화······아, 여기구나!"

조그만 건물들 틈에 이층으로 연결된 계단을 올라가 문을 여니, 생각보다 큰 공간이 눈에 들어왔다.

"어떻게 오셨나요?"

여기저기 세워져 있는 표구들 사이에서, 검은색 뿔테안경을 쓰고 콧수염과 턱수염을 더부룩이 기른 50대 남성이 재화를 물끄러미 쳐다보며 물었다.

"아, 예! 저, 서종원 선생님이신가요?"

"그런데요, 누구시죠?"

"아, 예, 선생님께 여쭤볼 것이 있어 방문했습니다."

재화는 지갑에서 사진을 꺼내 서종원에게 보여주었고, 사진을 응시하던 서정원 역시 지갑에서 자신의 명함 한 장을 꺼내 재화에게 주었다.

'서종원(徐從源) 화백. 디지털 아티스트.'

서종원의 명함을 받아든 재화는 소파에 앉았다. 서종원은 옆자리의 자기 소파에 앉아 사진을 보며 말했다.

"제가 남대문에서 문신을 해준 사람들이 셀 수 없이 많습니다. 그 사람들을 일일이 다 기억할 수는 없지요."

"사진을 자세히 보시고 기억을 한번 더듬어봐 주십시오!"

실망한 재화는 간곡한 목소리로 말했다.

"하하, 제 말 아직 안 끝났어요. 물론 기억합니다, 이 사람은! 나에게 제2의 인생을 살도록 해준 사람인데, 어찌 잊을 수 있겠습니까!"

재화는 서종원의 말뜻을 이해할 수 없었다.

"무슨 말씀이신지?"

그러자 서종원이 옛일을 회상하며 말하기 시작했다.

"한 3년 전이었나요. 이 사람이 족자 하나를 들고 찾아와 자신의 이마에 숫자를 문신으로 새겨달라더군요. 보통은 팔이나 등에 문신을 새기기 때문에 처음에는 너무 황당했는데, 이마에 난 상처를 가리고 싶다고 해서 무슨 말인지 이해했죠. 그러고는 족자를 나한테 보여주더군요. 그런 스타일로 해달라고 하면서."

"어떤 족자였나요?"

재화의 물음에 서종원이 대답했다.

"자기 한자 이름을 써 넣은 족자였는데, 글자 하나하나마다 그림 형태를 띠고 있었어요. 물고기와 봉황, 나무, 꽃, 새 등등의 형상을 굉장히 화려한 색으로 그렸는데, 그야말로 하나의 예술작품이더군요."

"그래서요?"

재화가 대답을 다그치자, 서종원은 웃으면서 계속 말을 이었다.

"그때는 이미 제 나이가 마흔이 훌쩍 넘었을 때였습니다. 시력도 예전 같지 않아서 계속 문신을 해주기가 어려웠죠. 그때 바로 그 작품을 보고는 문득 영감을 받은 겁니다. '그래, 바로 이거야!' 하고 말이에요. 그래서 난 고마운 마음에 제 마지막 노력과 정성을 들여 그 사람 이마에 원하는 문양을 새겨주었습니다. 근데 문제는……"

서종원의 표정이 이상해지더니 갑자기 말끝을 흐렸다.

"왜 그러시죠?"

궁금해진 재화가 재촉했다.

"수 시간에 걸쳐 어렵사리 작업을 끝내고 나니, 그 사람이 이상한 표정으로 두리번거리다 '여기가 어디죠?'라고 묻더군요. 그러고는 서둘러서 그 자리를 떠났습니다. 돈도 주지 않은 채 말이죠. 뭐, 나한테 영감을 줬으니, 그걸로 됐다라고 생각하……"

"혹시 그때 이마에 새긴 내용을 기억하시나요?"

이미 서종원의 뒷말에는 관심이 없었는지, 재화는 말을 끊고 다시 물었다.

"그 사람은 나에게 보여준 그 족자와 새겨달라고 원한 내용이 적힌 쪽지를 그대로 남겨두고 부리나케 떠나버렸습니다. 그래서 내가 아직까지도 그걸 보관하고 있죠."

서종원이 소파에서 일어나 자신의 책상 서랍을 열고는, 족자와 쪽지 두 장을 꺼내들었다.

'朴(박) 性(성) 中(중)'

보아하니, 성중이 중국에서 유학할 당시 구입했던 족자인 듯했다. 이건 중국 어느 지역에서나 볼 수 있는, 한자나 숫자 심지어 알파벳까지도 그림으로 형상화한 민간의 전통예술화였다. 재화 역시 일찍이 자신의 이름을 그린 작품을 구입한 적이 있었다. 그리고 쪽지 하나에는 다음과 같은 숫자들이 적혀 있었다.

$$5 - 3 - 49 - 9$$
$$130 - 70 - 3$$
$$\underline{130 - 12 - 1}$$
$$= 8$$

언뜻 보기에도 무슨 암호 같기는 한데, 재화는 이 숫자가 의미하는 바가 무엇인지 도무지 알 길이 없었다. 나머지 쪽지 하나에는 성중의 이마에 새겨진 문신의 문양과 일치하는 그림이 그려져 있었는데, 아마도 서종원이 성중의 이마에 문신을 하기 전에 그린 도안 같았다.

잠시 후, 재화는 고개를 들어 서종원에게 물었다.

"이 쪽지 제가 가져가도 되죠?"

7

창밖에는 이미 어둠이 드리워져 있고, 도로 위의 가로등과 지나가는 자동차 불빛들이 유리창을 통해 희미하게 비쳐 들어왔다. 벽시계는 어느덧 8시를 넘어 9시를 향해 가고 있었고, 성중의 집을 다시 방문한 재화는 응접실 탁자에 쪽지를 놓고 성중의 부모님과 머리를 맞대고 있었다.

"그래서, 이 쪽지가 우리 성중이가 쓴 거란 말이죠?"

성중의 어머니가 목이 메는 목소리로 말했다.

"음, 고생이 많았군요. 그런데……"

침묵을 지키고 있던 성중의 아버지가 입을 열었다.

"내가 듣기로는 재화 선생도 박사과정을 밟는 중이라고 하지 않았나요? 난 좀처럼 이해가 되지 않는군요."

이 말에 재화는 성중의 아버지에게로 시선을 돌렸다.

"재화 선생은 우리 성중이와 친분이 있던 것도 아니고, 그렇다고 재화 선생의 학업과 관련이 있는 것은 더더욱 아닌 것 같은데…… 혹시 지금 하고 있는 일들이 재화 선생과 어떠한 관련이 있나요?"

성중의 어머니가 남편을 한 번 바라보고는 이내 재화를 힐끗 쳐다보았다. 재화는 성중의 아버지에게로 향했던 시선을 아래로

노자의 유언

내리고는 무언가 생각하더니, 이내 결심을 굳힌 듯 말하기 시작했다.

"저, 사실대로 말씀드리지 않을 수 없겠군요. 이제부터 제가 하는 이야기가 좀 이상하게 들리실지도 모르겠습니다. 저는 본래 『시경』으로 석사논문을 썼습니다. 그리고 박사 역시 『시경』을 연구할 계획이었죠. 그러다가 베이징대학에 입학한 이후, 한번은 지도교수님을 모시고 일본 삿포로에서 열린 국제중국어수사학 학술대회에 참가하게 되었습니다. 거기서 우연히 한 젊은 일본인 학자의 논문 제목에 호기심이 끌려 듣게 되었는데, 논문 제목이 〈중국의 논리학발전사 고찰〉이었습니다. 그 일본인 학자의 논문에 의하면, 양계초라는 인물은 〈묵자학설〉과 〈묵자 논리학〉이라는 글을 발표하면서 하나의 학설을 주장하려면 반드시 논리적으로 풀어나가야 한다고 강조했습니다. 중국에서는 선진시대에 학설을 내세운 제자백가에게서나 찾아볼 수 있고, 그 가운데에서도 묵자만이 유일하게 그리고 가장 엄격하게 논리 원칙에 의거하여 학설을 서술하고 있다고 했습니다. 또 호적이라는 인물 역시 철학의 발전은 논리적 방법의 발전에 의해 결정된다고 하여 중국의 철학은 기원전 3~4세기가 전성기라고 언급하였는데, 특히 묵가가 다른 어떤 학파의 방법론보다도 완전한 논리를 사용하였다고 주장했다는 것이었습니다. 그때 저는 그 발표를 경청하다가 문득 이상한 점을 발견하게 되었습니다. 그 일본인 학자가 주장하는 학설에 왜 노자에 대한 언급은 없는가?라는 것이었습니다. 바꿔 이야기해서, 논리라는 것은 결국 이해와 설득을 위한 것이고, 그렇다면 춘추시대의 제자백가 학설이 모두 논리학 범주에 속해야 맞는 이야기라는 겁니다. 그렇다면 제자백가의 시대 순으로 보았을 때, 중국 논리학은 노자부터 시작해야 한다는 것이 바로 제 생각이었습니다. 문제는 그때부터 저에게 이상한 일이 발생했다는 겁니다.”

재화는 잠시 찻잔을 들어 입술을 축이고는 말을 이었다.

“지도교수님을 모시고 베이징으로 돌아온 이후, 저는 한국과 중국에서 출판된 『도덕경』 번역서들을 보기 시작했습니다. 그런데 번역서들을 보다 보니, 막연하게나마 번역서들의 원문 해석과 제 관점이 내용상 맞아떨어지지 않는 것이었습니다. 그때부터 차라리 내가 처음부터 다시 노자의 『도덕경』을 직접 번역해야겠다고 결심하게 되었죠. 그리고 바로 그날 밤부터 제 귓가에는 매일 ‘숙명!’이라는 소리가 맴돌기 시작했습니다. 처음에는 단순한 환청이거나 노자에 대한 집착 때문에 생긴 정신적 강박의 여파이겠거니 하고 무심코 넘어갔는데, 그 소리는 시간이 갈수록 오히려 점점 뚜렷해지고 더 커지는 것이었습니다. 결국 저는 정말 이 길을 걷는 것이 제 운명일 수도 있겠다는 생각을 하게 된 거죠.”

재화는 잠시 진지한 표정을 풀고는, 머리를 긁으며 머쓱한 표정으로 말했다.

"아마 제 이야기가 너무나 황당하게 들리실 겁니다."

"그게 우리 성중이와 무슨 관련이 있다는 거죠?"

성중의 아버지가 오히려 더 진지한 눈빛으로 되물었다.

"미리 말씀드리자면, 저는 특정 종교를 믿지는 않습니다. 하지만 저는 그 이후로 숙명이라는 것이 어쩌면 노자의 참뜻을 밝히는 것이 아닐까 하고 생각하기 시작했고, 그러한 이유로 더 분발해서 『도덕경』 번역에 몰두했습니다. 그리고는 처음 뵈었을 때 말씀드린 것처럼, 중국의 한 사형과 의논하다가 우연히 박성중 선생님과 왕빈강 교수님 이야기를 접하게 된 거죠."

"그래서 우리 성중이를 추적하다 보면, 그 숙명이라는 것의 실마리를 찾을 수도 있겠다고 생각했다?"

성중의 아버지가 되묻자, 재화는 다시 진지한 눈빛으로 대답했다.

"네, 그렇게 된 겁니다."

8

재화는 버스를 타고 서울로 향했다. 버스 안의 시계는 어느덧

11시를 가리키고 있었다. 잠시 차창 밖으로 보이는 야경을 감상하다가, 이내 아까 성중의 아버지가 한 말들을 다시 한 번 생각하기 시작했다.

"무슨 말인지 알겠습니다. 노자의 참뜻을 밝히는 것이 우리 성중이의 의지였다면, 그리고 재화 선생을 통해 노자의 참뜻이 밝혀지게 된다면, 어떻게 보면 결국 우리 성중이의 뜻을 이룰 수 있는 길이기도 한 것이겠군요. 사실 난 사업을 하는 사람이기 때문에, 그쪽 방면에 대해서는 잘 모릅니다. 하지만 내 도울 일이 있다면 최선을 다해 도울 생각입니다."

"감사합니다! 제 뜻을 이해해주셔서."

막연한 희망을 본 것일까? 재화의 표정이 밝아지기 시작했다. 그리고 성중의 아버지와 어머니는 혹시나 단서가 될까 하는 마음에, 성중과 관련된 모든 기억들을 더듬기 시작했다. 그러다가 성중의 아버지가 말했다.

"한번은 성중이가 흥분한 목소리로 밤에 집으로 전화를 했더군요. 우리는 그때 잠을 청하고 있었는데 전화벨이 울려서 깼습니다. '아버지, 제가 며칠 후에 어디 좀 갔다 오려고 하는데, 시간이 많이 걸릴 것 같습니다. 거긴 시골이라 아마 자주 연락을 드리기는 어려울 거예요. 하지만 만약 제 계획대로 된다면, 정말이지 엄청난 것을 찾아내는 걸 거예요!' 그러다가 내가 잠결에 '그러니? 잘 되었구

나. 그런데 지금이 도대체 몇 시냐?'라고 묻는 바람에 대화가 거기서 끊기고 말았습니다. 지금 생각해보면, 내가 너무 무심했나? 하는 생각도 들고."

"혹시 더 기억나는 부분은 없나요?"

아쉬운 마음에 재화가 물었다.

"잠결에 전화를 받은 거라 많은 부분이 기억나지 않지만, 거 뭐라더라 그 '대⋯소⋯'라던가 뭔가 많이 들어본 단어인데 '대⋯소⋯' 거참 머리에서만 맴돌고, 생각이 안 나네."

성중의 아버지는 답답한 듯 계속 입가에서 '대⋯소⋯' 만을 반복하고 있었다.

재화는 집에 돌아와서도 계속해서 쪽지에 적힌 숫자를 고민하고 있었다. 더불어 성중의 아버지가 말한 '대⋯소⋯' 역시 입으로 되뇌며 중얼거렸지만, 아무리 생각해도 뾰족한 공통점이 떠오르지 않았다. 그때였다.

"삐리리리리— 삐리리리리—"

재화가 핸드폰을 쳐다보니 '민정' 이었다.

9

다음 날 오후, 재화는 흰 티셔츠에 청바지 차림을 한 젊은 여성과 탁상을 마주하고 앉아 있었다. 분홍빛의 얇은 테 안경을 쓰고, 윤기 있는 짧은 단발이 찰랑거리는 게, 무척이나 쾌활한 성격의 소유자임을 짐작케 했다.

"뭐예요. 간만에 한국에 들어와서는 코빼기도 안 비추고 말이야."

통통거리면서도 투정 섞인 목소리로 민정이 빨대로 커피를 마시며 말했다.

"미안, 미안. 풀어야 할 중요한 숙제가 있어서……"

말끝을 흐리는 재화에게 민정이 웃으며 말했다.

"중국은 박사반도 숙제가 있어요? 지도교수님이 무서운 가 보네?"

"뭐, 그런 셈이지. 넌 요즘 어때?"

민정의 말이 끝나기가 무섭게 재화는 얼른 화제를 돌렸다.

"뭐예요, 애인이 뭐하는지도 모르고. 정말 남자친구로는 낙제점이라니까!"

"또 왜 그래? 나만한 남자가 어디 있다고?"

재화는 쩔쩔매면서 민정의 기분을 풀어주려고 애썼다. 이에 민

노자의 유언

정은 입술을 삐죽이다가 피식 한번 웃고는 계속해서 말을 이었다.

"중국으로 유학을 간다고 했을 때 그냥 확 가게 했어야 하는데! 에이, 정말이지 내 팔자야. 요새 나 같은 순정만화 주인공이 또 어디 있어요?"

그 말을 들은 재화 역시 피식 웃고는 이내 본래의 목소리로 다시 물었다.

"그래. 논문 주제는 정했어?"

"뭐, 대충."

"뭔데? 한번 소개해보지?"

"뭐예요, 공짜로는 안 되지!"

민정이 투덜거리자 재화가 웃으면서 말했다.

"하하, 그래. 한잔하면서 얘기할까?"

그리 크지 않은 공간에 은은한 조명이 비추는 민속주점. 가운데에는 조그마한 인공폭포가 흐르고 있고, 칸칸마다 대나무발이 쳐져서 고즈넉한 분위기를 연출하고 있었다.

"여기 막걸리 한 주전자 하고 해물전 하나 주세요!"

재화가 주문을 하고는 말했다.

"여기 분위기 괜찮지? 이전에 선배를 통해서 알게 됐는데, 단골들만 와서 손님도 그리 많지 않고 조용한 게 상당히 훌륭하더라고."

그리고 계속해서 말을 이었다.

"계속 이야기해 봐. 네 논문 말이야."

민정은 살짝 뜸을 들이더니 이야기를 시작했다.

"미야자키 하야오의 유토피아에 대해서 쓰려고 요새 자료 수집 중이에요."

"미야자키 하야오? 일본의 애니메이션 감독?"

"네, 맞아요."

이때 주문한 막걸리 한 주전자와 해물전이 나왔다.

"맛있게 드세요!"

종업원이 주문한 음식을 놓고 가자, 재화가 민정에게 술을 따르며 의아한 듯 말했다.

"윤리학과 박사논문으로 애니메이션 감독의 작품 세계를 쓴다고?"

민정이 재화에게 술을 따르면서 물었다.

"왜요? 뭐가 이상해요?"

"이상하지. 일반적으로 윤리학이라고 하면, 동양이나 서양의 철학이나 윤리사상을 연구하지 않니? 왜 굳이 미야자키 하야오 감독을?"

민정은 기분이 좀 상했는지 약간 빈정거리는 말투로 대답했다.

"하긴, 전공이 다르니 이해하기도 힘들겠죠."

"에이, 또 왜 그래. 미안, 미안. 내가 말을 끊었네. 계속 이야기 해 봐."

막걸리 한 잔을 들이키며 재화가 말했다. 그러자 민정 역시 한 모금 들이키고는 계속 설명을 하기 시작했다.

"미야자키 감독은 현대사회를 바라보는 시각이 상당히 독특하다고 볼 수 있어요. 그래서 사실 다양한 전공 분야에서 미야자키 감독의 작품 세계를 연구하고 있지요. 거기에는 자연을 통한 개인의 생태학적인 인식이 반영되어 있는데, 예를 들어서 〈원령공주〉가 대표적인 작품이라고 할 수 있고, 또 파시즘을 극도로 혐오하는 정신이 반영되어 있는 작품으로는 〈붉은 돼지〉가 있죠. 특히 여성의 사회적 위치에 대한 관점은 범 인류애와 직결된다고 볼 수 있는데, 물론 이건 일본 전통의 남성 중심 세계관에 노골적으로 반기를 드는 것으로, 그의 대다수 작품들에서 볼 수 있어요. 그리고 〈이웃집 토토로〉나 〈천공의 성 라퓨타〉 〈미래소년 코난〉 등 상당수 작품의 주인공들이 사는 마을은 항상 유토피아적 공동체로 그려져요. 좀 더 구체적으로 말해서 마을의 구성체가 모두 각자 맡은 바의 일을 즐겁게 하고, 지도자는 성실하게 이들을 이끌려는 모습을 통해서 도덕과 윤리적 메시지를 전달하려고 한 거죠. 마치 '대동'의 세계처럼 말이에요."

이에 재화가 놀란 듯 물었다.

"네가 '대동'을 어떻게 알아?"

재화의 물음에 민정이 한번 씨익 웃고는 대답했다.

"요새 신문만 폈다 하면 온통 중국 이야기잖아요. 얼마 전에 신문기사를 보니까 덩샤오핑 주석의 3단계 발전론을 재조명하더라고요. 마침 우리 애인 전공도 중국 쪽이라서 좀 유심히 봤는데, 1단계는 따뜻하게 입고 배부르게 먹는 뭐라더라 '원……파오'인가……"

"원바오(溫飽) 단계"

재화가 거들었다.

"그래, 맞다. 원바오! 그리고 2단계가 '소강', 그리고 마지막이 가장 이상적인 유토피아로 '대동'이라고 하던데?"

민정의 말에 재화는 기분이 좋아진 듯 웃으면서 말했다.

"하하, 누가 내 마누라 아니라고 할까 봐!"

"누가 누구 마누라예요? 앙? 누구 마음대로 마누라래? 웃기고 있어!"

민정이 황당하다는 듯 재화를 다그치자 재화는 웃기만 했다.

"하하하. 자, 한잔하자. 우리 민정이가 어려운 말 많이 하느라고 머리 아팠지?"

그리고 잔을 부딪치고는 한 잔 들이키다가 재화는 갑자기 무언

노자의 유언

가 떠오른 듯 중얼거렸다.

"대……소……엄청난 것을 찾아낸다? 대……대동, 소……소강?"

재화는 순간 온몸의 피가 거꾸로 도는 듯, 말할 수 없는 묘한 느낌에 사로잡혔다.

"민정아, 미안한데 나 먼저 급한 일이 생겨서 가볼게. 있다가 전화 통화하자!"

"재화 씨!"

황급히 옷을 챙겨 나가는 재화를 보고 민정은 황당해졌다. 그러고는 큰소리를 지르며 재화를 불렀다.

"재화 씨! 재화 씨! 신재화! 신재화! 야! 여기 계산은 하고 나가야지!"

재화는 집으로 돌아오자마자 신발을 벗는 둥 마는 둥하고는, 서둘러 자기 방으로 들어가 컴퓨터를 켰다. 검색창에 '대동, 소강'을 입력하고는 엔터키를 쳐서 몇몇 블로그를 검색해보니, 『예기』〈예운〉이라는 출처가 보였다. 이에 재화는 책장에서 『예기』를 꺼내〈예운편〉을 펴고는 읽으려는데, 밖에서 벨 소리가 들리더니 이내 집 안이 시끌벅적해졌다.

"재화 씨 집에 있죠? 세상에 모처럼만에 만나서 술 한잔 하자고 하더니 저한테 계산하라고 하고 자기는 도망간 거 있죠? 너무

한 거 아니에요?"

민정이 그새 쫓아 들어와, 재화의 부모님께 너스레를 떨기 시작했다. 재화는 황급히 문을 열고 나가 민정을 자기 방으로 데려왔다.

"미안해. 아까는 너무 중요한 일이 갑자기 생각나서 그랬어. 정말 미안해!"

"뭐예요, 그렇게 중요하다는 것이? 얼마나 중요하기에 나보다 더 중요한지 한번 봐야겠네, 홍!"

토라질 대로 토라진 민정에게 사과를 하던 재화는 갑자기 진지해진 표정으로 말했다.

"방금 민정이 네가 말했던 '대동'과 '소강'에 관련된 거야. 그것 때문에 갑자기 조사할 것이 있어서 정신없이 돌아온 거야."

"어디 한번 들어보고. 중요한 게 아니기만 해봐요!"

재화는 그간의 있었던 일들을 모두 이야기하고, 『예기』〈예운편〉의 '대동'과 '소강'에 대한 부분을 읽어가며 민정에게 설명하기 시작했다.

노자의 유언

10

〈예운편〉에는 다음과 같은 내용이 기록되어 있다.

　예전에 공자가 신들의 가호에 보답하기 위해 올리던 제사에 참여했다. 일이 끝나고 누각에 올라 둘러보고는 길게 탄식을 했다. 공자가 탄식한 것은 아마도 노나라를 생각하며 한탄한 것이리라. 제자 언언(言偃)이 곁에 있다가 말했다.

　"스승께서는 어찌하여 탄식하십니까?"

　그러자 공자가 말했다.

　"큰 도가 실행될 때와, 하나라·상나라·주나라 삼대의 훌륭한 인물들이 정치를 하던 때는 내가 겪어보지 못했지만 그 기록이 남아 있다. 큰 도가 실행되던 때는, 모든 백성들을 위한 세상이었기에, 어질고 재능 있는 이들을 선발하고 신용을 중시하며 화목함을 갖췄다. 그러므로 자신의 어버이만이 어버이가 아니었고, 자신의 자식만이 자식이 아니었다. 노인들은 귀속되는 바가 있게 하였고, 장년은 각자 자신이 맡아 하는 일이 있었으며, 어린이들은 소외되지 않고 보살핌을 받았고, 늙어 부인이 없는 이와 늙어 남편이 없는 아낙, 부모 없는 아이와 자식이 없는 노인, 장애인들이 모두 나라의 부양을 받았다. 사내에게는 직분이 있었고, 아낙은 시가(媤家)가 있었다. 재물을 지니고 싶어 하였지만, 반드시 자기가 소유하지는 않았고, 힘을 쓰려고 하였지만, 반드시 자신을 위해서 쓰지는 않았다. 이 때문에 음모나 계략이 막혀 일어나지 못하고, 도적이나 반란이 발생하지 않았다. 그러므로 밖의 대문을 잠그지 않았으니, 이를 대동이라고 일컫는다.

오늘날에는 큰 도가 사라졌으니, 자기의 것만을 살피는 세상이 되었다. 자신의 어버이만을 어버이로 여기고, 자신의 자식만을 자식으로 여겼다. 재물과 힘은 오로지 자신을 위해 썼다. 천자와 제후는 세습을 예의로 삼았고, 성곽을 쌓고 그 주변에 못을 파서 적들이 침입하지 못하도록 공고히 하였으며, 예의로 기강을 삼았다. 그럼으로써 군신관계를 바로 하고, 부자관계를 돈독히 하였으며, 형제간에 화목하게 하고, 부부 사이를 조화롭게 하였으며, 제도를 설치하고, 밭을 구획하였으며, 용감하고 지혜로운 자를 존중하고, 공적을 세우면 자기의 것으로 여겼다. 이때부터 권모술수가 흥기하고 전쟁이 발생하였으니, 이에 우왕, 탕왕, 문왕, 무왕, 성왕 그리고 주공은 이러한 예의로 옳고 그름을 선별했다. 이 여섯 군자들은, 예의에 삼가지 않는 이가 없었으니, 그럼으로써 그 의로움을 분명히 하고, 그 신의를 깊이 헤아렸으며, 허물을 드러내고, 형벌과 어짊을 꾀하고 꾸짖어, 백성들에게 항상 그러함을 보여주었다. 만약 이에 따르지 않는 이가 있다면, 설령 권세가 있는 사람일지라도 과감히 몰아내서 대중들이 재앙으로 삼았다. 이를 일컬어 소강이라고 한다."

11

재화는 '대동'과 '소강'에 대해 풀이를 한 후, 책상 서랍에서 성중이 남긴 쪽지를 꺼내들었다. 그중에 첫 번째 줄을 다시 한 번 확인했다.

"5 – 3 – 49 – 9"

"대동과 소강에 그렇게 심오한 뜻이 있을 줄은 미처 몰랐네. 아, 이게 재화 씨가 말한 그 쪽지인가 보죠?"

민정의 물음에, 재화는 고개를 끄덕이고는 이내 무언가를 생각하다가, 다시 민정에게 설명하듯 중얼거리기 시작했다.

"『예기』는 유가사상에서 가장 중시하는 경서 5권 중 하나로, 흔히 5경이라고도 하지. 5경에는 〈시〉〈서〉〈예〉〈역〉〈춘추〉가 있는데, 〈시〉는 『시경』을 말하고, 〈서〉는 『서경』 또는 『상서』라고도 일컬으며, 〈역〉은 『역경』 또는 『주역』이라고도 해. 〈춘추〉는 『춘추경』인데, 이는 다시 〈춘추좌전〉〈춘추공양전〉〈춘추곡량전〉으로 분류되어 『삼춘추』라고 하지. 〈예〉는 『예경』을 말하는 것으로, 이 역시 〈주례〉〈의례〉〈예기〉로 분류되어 『삼례』라고 해. 이제 이 쪽지를 다시 보면 맨 앞의 5는 5경을 뜻하고, 그 다음의 3은 『삼례』 아니면 『삼춘추』를 뜻하게 되겠지. 그런데 49편으로 되어 있는 것은 『예기』뿐이니 『삼례』를 가리키는 것이고, 결국 그 9번째가 바로 〈예운편〉이 되는 거야!"

재화는 무언가 대단한 것을 발견한 듯이 희열감을 느꼈다. 하지만 이내 다시 미궁에 빠지기 시작했다.

"노자는 도가사상의 창시자로 유가사상과는 서로 추구하는 바가 다르다고 알려져 있는데, 박성중 선생님은 무슨 이유로 이 둘을 연관시키려 했을까? 그리고 노자와 '대동, 소강'은 또 무슨 관계가 있다는 거지?"

옆에서 그 모습을 지켜보던 민정은 도무지 무슨 소리인지 알 수 없다는 표정으로 계속 재화를 지켜보고 있었다. 재화는 다시 쪽 지에 적힌 숫자를 보았다.

$$5 - 3 - 49 - 9$$
$$130 - 70 - 3$$
$$\underline{130 - 12 - 1}$$
$$= 8$$

첫 번째 행의 숫자가 『예기』의 〈예운편〉을 말하는 것이라고 해 도, 재화는 성중의 의도를 도무지 알 수가 없었다. 흔히 도가사상 과 유가사상을 이야기할 때는 "道不同(도불동)이면, 不相爲謀(불상 위모)" 즉 "추구하는 도가 다르면, 서로 함께 도모하지 않는다"라고 하여 서로 배척하고 있는데, 왜 성중은 굳이 유가사상에서 말하는 '대동'과 '소강'으로 노자를 풀이하려고 한 것인지 아무리 생각해 도 이해할 수가 없었다.

조금 뒤 민정이 떠나고, 재화는 어두운 방에 홀로 남아 책상 위 에 켜진 등 하나에 의지한 채 깊은 생각에 잠겨 있었다. 그러다가

　　　　　　　　　　　　　　　　　　　노자의 유언

시계를 한번 쳐다보더니 핸드폰을 열었다.

"뚜- 뚜-. 여보세요? 지도교수님, 안녕하세요. 저 재화입니다. 잘 지내시죠?"

재화는 지도교수님께 전화를 걸어 그간에 있었던 일을 설명했다.

"지도교수님, 한 가지 여쭤볼 것이 있는데요. 일반적으로 말해서, 유가사상과 도가사상은 '도불동이면 불상위모'의 관계가 아닌가요?"

지도교수는 자세하게 설명하기 시작했고, 재화는 한참 동안이나 진지하게 지도교수의 말을 경청했다.

"아, 본래는 그런 거였군요. 예, 알겠습니다! 감사합니다. 그럼 지도교수님, 베이징에서 뵙겠습니다. 네 네, 안녕히 계세요!"

전화를 끊은 재화는 교수님의 말을 떠올리며 곰곰이 생각에 잠겼다.

'유가사상과 도가사상은 완전히 분리되어 서로 배척하는 관계라고 볼 수 없다. 이전에는 흔히들 그렇게 인식되었지만, 요새 연구결과에 의하면 그 수가 많지는 않지만 오히려 이 둘 사이에는 모종의 긴밀한 관계가 있어서 상호 연계된 입장으로 생각할 필요가 있는 것으로 여겨지는 경향이 있다.'

재화는 왼손으로 턱을 괴고는 성중이 남긴 쪽지를 응시하며 오른손으로 책상을 두드렸다. 한참을 생각하던 재화는 혼잣말로 중얼거렸다.

"130이라. 첫 줄의 5가 5경을 뜻하는 것이었다면, 130 역시 어떠한 책의 전체 분량이라는 뜻일 텐데. 130, 130, 130……"

무언가 문득 생각이 난 듯, 재화는 몸을 일으켜 책장 앞에 섰다. 그리고 책들을 쭉 훑더니 덥석 한 권을 뽑아 들었다.

"사마천의 『사기』."

중국 한나라의 사마천이 쓴 『사기』는 역사서로 분류되는데, 삼황오제로부터 한나라 무제 때까지의 역사를 정리한 책으로 알려져 있다. 이는 제왕들의 연대기인 〈본기〉 12편과 제후들을 중심으로 쓴 〈세가〉 30편, 역대의 문물제도에 대한 〈서〉 8편, 연표인 〈표〉 10편 그리고 신분에 관계없이 뛰어난 개인의 업적을 다룬 전기 형식의 〈열전〉 70편 등 총 130편으로 이루어져 있다.

재화는 다시 한 번 성중의 쪽지를 바라보았다.

"130 – 70 – 3"

그리고 〈열전〉의 세 번째 편을 펼쳤다.

"노자한비열전"

〈노자한비열전〉은 노자와 한비자에 대한 기록이다. 재화는 노자에 관련된 부분을 찾아 읽기 시작했다.

노자의 유언

12

〈노자한비열전〉에는 다음과 같은 내용이 기록되어 있다.

노자는 초나라 고현의 여향 곡인리 사람으로 성은 이씨이고, 이름은 이, 자는 담이었으며, 주나라의 도서관을 지키는 사관이었다. 한번은 공자가 주나라에 가서 노자에게 예에 대하여 묻자, 이에 노자가 말했다.

"그대가 말하는 바는 그 육신과 뼈가 모두 이미 썩었고, 오직 그 말만이 있을 따름이오. 게다가 군자는 때를 만나면 마차를 타지만, 때를 만나지 못하면 떠도는 것이오. 내가 들으니, 훌륭한 장사꾼은 깊숙이 숨겨 마치 비어 있는 듯하고, 군자가 덕이 가득차면 용모가 우매한 것처럼 보인다고 하오. 그대의 교만함과 탐욕, 드러나는 표정과 도리를 어지럽히는 행위를 버리시오. 이는 모두 그대의 몸에 무익하오. 내가 그대에게 말해줄 것은 이와 같을 따름이오."

공자가 떠나 제자들에게 말했다.

"새는 날 수 있음을 알고, 물고기는 헤엄칠 수 있음을 알며, 짐승은 달릴 수 있음을 안다. 달리는 것은 그물로 잡을 수 있고, 헤엄치는 것은 낚시로 잡을 수 있으며, 나는 것은 활을 쏘아 잡을 수 있다. 용에 대해서는 내가 알 수 없으니, 바람과 구름을 타고 하늘에 오른다. 내가 오늘 노자를 보았는데, 마치 용과도 같구나!"

노자는 도와 덕을 닦았는데, 배움에 있어 스스로 숨기고 드러내지 않음에 힘썼다. 오랫동안 주나라에 있었지만 주나라가 쇠해지는 것을 보고는, 이에 마침내 떠났다. 함곡관에 이르러 관지기 윤희가 말했다.

"선생께서 장차 은둔하려 하시니, 어려우시겠지만 저를 위해 저술을 해주십시오."

그래서 노자는 이에 상, 하편을 저술했고, 도덕의 뜻 오천여 자를 말해주고는 떠났다. 그 이후로는 노자가 어떻게 되었는지 알 수 없었다.

"박성중 선생님이 이야기하고자 한 것이 바로 이건가?"

재화는 흥분된 표정을 감출 수가 없었다. 만약 공자가 정말로 노자를 찾아가 가르침을 청했고 이에 노자가 그처럼 대답했다면, 그리고 공자가 돌아와 제자들에게 노자를 용이라고 표현했다면, 그동안 세간에서 말하는 노자와 공자에 대한 인식은 어디까지나 편견에 불과한 것이었다. 더군다나 노자는 장자와 더불어 '노장'으로 불리고 있는데, 만약 노자와 공자의 가치관에 이처럼 기본적으로 공유되는 부분이 있다면, 세속을 떠나 자연으로 돌아가라고 주장하는 '노장사상' 개념 역시 잘못된 것이 되었다.

일반적으로 말해서, 노장사상은 노자와 장자의 사상만을 가리키는 좁은 뜻의 도가철학을 의미하지 않는다. 노자와 장자의 사상을 바탕으로 이루어진 수많은 주장을 포함한다고 보는 것이 옳은데, 바로 철학적 의미에서의 '도가 사상'을 말한다. 이는 인위적인 사회 가치 체계나 제도 및 형식을 중시하여 '예치(禮治)'를 주장하는 유가사상과 대치된다. 내적인 도덕성을 추구하여 자아해탈과 무위자연에 도달할 것을 요구하여 개인의 욕구를 최대한 배제하고 실천적 노력을 통해서 무욕양생(無欲養生)에 이를 것을 주장한다. 또한 반지주의(反知主義)를 주장하여 지식이라는 것이 오히려 장애가 될 수 있다고 보았다. 하지만 노자와 장자 사이에도 사상적 차이가 분명히 존재한다. 대표적으로 노자는 개인의 욕구를 극소화하여 공생하는 것을 이상 상태라고 본 반면, 장자는 신체적인 장생에서 나아가 고도의 경지에 이르는 양생과 달생(達生)을 주장하였다.

"대동과 소강, 그리고 엄청난 것을 찾아낸다?"

재화는 성중의 말을 되새기며 중얼거렸다.

"엄청난 것이라…… 결국 노장사상에 대한 개념이 잘못된 것이라는 건가?"

재화는 몸을 의자에 기대고 다시 생각에 잠겼다. 분명 노자를 연구할 때 가장 큰 벽이라면, 공자와는 달리 다른 연관된 자료를 거의 찾을 수 없다는 점이었다. 사실 노자의『도덕경』역시『논어』 등과 마찬가지로 미언대의(微言大義), 즉 짧은 글 속에 심오한 뜻이 담겨져 있기 때문에, 이러한 서적들을 연구할 때는 반드시 그와 관련되는 다른 사료들과 연관시켜가며 풀어야 한다. 하지만 노자와 직접 관련된 자료는『도덕경』이 유일하므로, 이『도덕경』을 해석할 때마다 의견이 분분해졌고, 그때마다 명확하게 시비를 가릴 수 없는 것이 사실이었다. 덕분에 노자의 『도덕경』에 대한 해설서만 해도 지금까지 수백 아니 수천 가지가 넘고, 심지어는 아무리 보아도 이해가 안 가고 오히려 점점 미궁에 빠질 뿐이었다.

재화는 다시 혼잣말로 중얼거리기 시작했다.

"노자와 공자는 서로 동떨어진 것이 아니라, 일정 맥락에서 긴밀하게 연결고리가 형성된다는 건가? 상대적으로 공자의 유가사상에 대한 서적들이 풍부하니, 그래서 박성중 선생님은 오히려 유가의 대동과 소강을 가지고 노자에 접근하려 한 것이었군……."

13

재화는 다시 성중의 쪽지를 보았다.

130 - 12 - 1

"마지막 숫자 조합 역시 『사기』를 가리키는 건가? 12라면 〈본기〉를 말하는 것일 터이고, 1이라 하면 첫 번째 편이라는 이야기인데……."

그러고는 〈본기〉의 첫 부분을 펼쳤다.

　　　　　　　　　　　　　　　　　　노자의 유언

〈오제본기〉

분량이 제법 되었다. 재화는 심호흡을 한 번 하고는 〈오제본기〉
를 천천히 읽어 내려가기 시작했다.

삼황오제(三皇五帝)는 세 명의 임금과 다섯 명의 임금이라는
뜻으로, 복희씨(伏羲氏)와 신농씨(神農氏) 그리고 여와씨(女媧氏)
의 삼황과 황제(黃帝), 전욱(顓頊), 제곡(帝嚳), 요(堯), 순(舜)의 오
제가 통치하던 시기를 일컫는다. 이때는 인재를 선발하여 넘겨주
는 선양제(禪讓制)를 통해 왕위를 계승했다. 『사기』의 저자 사마천
은 사관의 신분으로 중국 역사를 객관적으로 집필하려고 노력했는
데, '삼황'의 존재를 전설로 보아 실존 인물이었다는 점에 대해서는
회의적이었기 때문에 '오제'부터 역사를 기술하기 시작한다. 일설
에 따르면 복희씨는 팔괘(八卦)라는 문자를 만든 인물로 중화민족
의 시조로 여겨지고 있고, 또한 여와씨는 복희씨의 여동생인데 진
흙으로 인간을 창조했다고 한다. 이 둘은 각각 남녀로 분리된 상반
신을 지녔지만, 암수 한 몸의 용의 하반신을 하고 있었다고 전해지
고 있다.

따라서 중국인들은 이 복희씨와 여와씨를 함께 중화민족의 시
조로 여기고 있는 것이다. 또한 신농씨는 농업을 최초로 개발하여
보급한 인물로 알려졌는데, 그는 온갖 식물을 직접 먹어 보아서 먹

어도 되는 것과 먹어서는 안 될 것을 구별하여 백성들에게 알려주었기 때문에, 그 독성으로 인해 외모가 일그러져 마치 도깨비와도 흡사한 모습으로 묘사되고 있다.

여기서 주의해야 할 것이 이때는 '선양제'라는 것을 통해서 지도자를 선출했다는 점인데, 바로 이 시기를 역사적으로 일컬어 '대동사회'라고 하는 것이다. 반면에 순(舜)임금에게서 왕위를 선양받은 우(禹)임금 이후로는 아들에게 왕위를 물려주는 세습제(世襲制)가 시작되었는데, 이것이 '소강사회'의 시작이다. 〈본기〉는 바로 이렇듯 당시 천하를 통치하던 제왕들의 발자취를 정치적인 흥망성쇠의 시간적 순서에 따라 기록한 것이었다. 중국 최초의 통일왕조인 진나라의 시황제가 자신의 업적을 삼황오제와 견줄만하다고 여겨 스스로에게 '삼황'의 '황'과 '오제'의 '제'를 합친 '황제'의 호칭을 최초로 사용했다는 사실은, 이 삼황오제가 중국인들에게 얼마나 상징적인 의미를 부여하는지 알려주고 있다.

책에서 눈을 뗀 재화는 무언가 형용할 수 없는 감회에 사로잡혔다. 그러다가 다시 성중의 쪽지를 찾아 맞춰보기 시작했다.

$$5-3-49-9$$
$$130-70-3$$
$$\underline{130-12-1}$$
$$=8$$

"5 - 3 - 49 - 9는 5경의 『예기』〈예운편〉을 말하는 것이고, 130 - 70 - 3은 『사기』〈열전〉의 〈노자한비열전〉 그리고 130 - 12 - 1은 『사기』〈본기〉의 〈오제본기〉를 가리키는 거였지. 마지막 =8은 이 모든 숫자 조합이 결국 8로 모인다는 뜻이니, 삼황오제 3+5를 의미하는 거겠군. 박성중 선생님은 노자의 『도덕경』을 '대동'이라는 개념으로 풀어야 한다고 봤다는 건데……. 그러면 『도덕경』은 결국 철학이 아닌 정치를 말한 것이라는 이야기인가?"

하룻밤을 꼬박 샜는지 재화의 방 창문 밖으로 눈부신 햇살이 비춰 들어왔다. 재화는 그 햇살을 얼굴로 감싸고는, 두 손을 위로 올려 머리를 감싸 안은 채 두 눈을 감았다.

14

이제 재화는 자신이 가야 할 길이 무엇인지 명확하게 깨달았다. 노자의 사상을 완전히 이해하려면, 결국 공자의 가치관을 섭렵하여 상호 대조해가며 풀어나가야 하는 것이었다.

"아이구야. 5경에 『사기』까지 언제 다 보나?"

재화는 서재에 꼽혀 있는 5경과 책상에 놓여 있는 『사기』를 번갈아 쳐다보고는 한숨만 연신 뿜어댔다.

"뭐 그래도 '대동'과 '소강'이 핵심 키워드니까, 일단 서주(西周)시대까지는 손을 대봐야겠지?"

삼황오제 이후로 중국은 삼대, 즉 하나라·상나라(은나라)·주나라의 순서로 내려온다. 주나라는 다시 서주 즉 서쪽의 주나라와 동주 즉 동쪽의 주나라로 나뉜다. 여기서 동주는 평왕이 호경 즉 지금의 시안(西安)에서 낙읍 즉 오늘날의 뤄양(洛陽)으로 수도를 옮긴 후 천자의 지위가 무너져 사방에서 전쟁을 시작하는 시기인데, 이 시기가 곧 춘추시대라고 불리는 것이다. 또 공자 역시 소강을 이야기할 때 "우왕, 탕왕, 문왕, 무왕, 성왕, 주공은 예의로 시비를 선별했다"고 하였기 때문에, 재화는 우선 삼황오제의 대동사회로부터 시작하여 서주시대까지 조사를 해야겠다고 마음먹었다.

먼저 재화는 지도교수에게 전화를 걸어 기본적인 작업을 한국에서 해도 될지 허락을 구했고, 지도교수는 이메일을 통해서 서로의 의견을 교환하기로 하고 필요시 전화를 하라며 기꺼이 허락해주었다.

노자의 유언

본격적으로 연구를 다시 시작한 재화는 연구에 매진하는 틈틈이 민정과 만났다. 특히 민정을 만날 때마다 민정이 추천하는 미야자키 하야오 감독의 작품들을 하나씩 감상했는데, 작품을 보고 나서는 너 나 할 것 없이 서로 열띤 토론에 빠져들었다. 그 덕분이었을까? 민정의 박사논문 역시 순탄하게 진행되었고, 재화 역시 연구하는 데 적잖은 활력소가 된 듯했다. 특히 미야자키 감독의 작품들에서 주인공들이 사는 마을의 고즈넉한 삶을 볼 때면, 재화의 표정에는 뭐라 말할 수 없는 행복감이 가득차고는 했다. 그러고는 매번 혼자 중얼거렸다.

"어쩌면, 이것이 오늘날 우리가 찾아다니던 대동의 진짜 모습이 아닐까?"

15

달력은 계속해서 넘어가 해를 넘기고, 재화의 작업 역시 조금씩 제자리를 찾는 듯했다. 이미 『도덕경』 1장부터 81장까지의 기본적인 번역을 마쳤고, 이제 자신이 번역한 구절마다 논리와 설득력을 실어줄 수 있는 관련 자료들을 찾기 시작했다. 그것은 『상서(尚書)』와 『사기(史記)』의 〈본기(本紀)〉 나아가 『십팔사략(十八史略)』

을 중심으로 작업을 해나갔다.

『상서』는 『서(書)』 혹은 『서경(書經)』으로 불린다. '상(尚)'은 '오래다' 혹은 '숭상하다'라는 의미를 지니는데, 전자를 따르면 『상서』는 상고시대의 오래된 글이라는 뜻이고, 후자를 따르면 그 내용이 좋아서 숭상할만한 글이라는 뜻이 된다. 이제삼왕(二帝三王) 즉 요순(堯舜)임금과 하나라의 우(禹), 상나라의 탕(湯), 그리고 주나라의 문왕(文王)과 무왕(武王)의 정권 이양 및 정치적 가르침 등을 기록한 것으로 알려져 있다. 〈본기〉는 중국 건국 초기의 오제(五帝)로부터 한나라 무제에 이르기까지, 역사를 움직인 제왕들을 다룬 전기이다. 『십팔사략』은 중국 남송 말 원나라 초의 증선지라는 인물이 편찬한 역사서로서, 『사기』와 『한서(漢書)』부터 『신오대사(新五代史)』까지의 17종 역사서에 기타 사료까지 더하여, 태고부터 송나라 말까지의 역사를 정리했다. 이제 재화는 이 서적들을 꼼꼼하게 읽어나가면서 내용들을 정리해 나갔다.

요임금이 세상을 다스린 지 50년, 세상이 다스려지는지 다스려지지 않는지, 수많은 백성이 자기를 원하는지 원하지 않는지 알 수가 없었다. 좌우에 물었으나 알지 못하고, 조정 바깥으로 물었으나 알지 못했으며, 재야에 물었으나 알지 못했다. 이에 미복하고 큰 거리로 나가니, 동요가 들렸다.

"우리 많은 백성을 일으킴에, 그대의 지극함이 아닌 것이 없네. 알지

노자의 유언

못하는 사이에, 임금의 법을 따르네."

요임금이 기뻐하며 또 다른 곳을 들렀는데, 한 노인이 입에 음식을 잔뜩 문 채로 손으로는 배를 두드리고, 발로는 땅을 치며 노래했다.

"해가 뜨면 일하고 해가 지면 쉬며, 우물을 파서 마시고, 밭을 갈아서 먹으니, 임금의 힘이 어찌 나에게 미치리오?"

이에 요임금이 크게 기뻐하였다.

하루는 요임금이 화라는 지역을 살피니, 화의 봉인(오늘날의 수령)이 말했다.

"아, 성인을 축복하나니, 성인께서 장수하고 부유하며 아들이 많기를 바랍니다."

그러자 요임금이 말했다.

"사양하겠소. 아들이 많으면 두려워할 일이 많고, 부유하면 일이 많으며, 장수하면 욕된 일이 많소."

그러자 봉인이 말했다.

"하늘이 만백성을 낳으면 반드시 그 직분을 부여하니, 아들이 많은데 직분을 주면 무슨 근심이 있고, 부유한데 사람들로 하여 그것을 나누게 하면 무슨 일이 있으며, 세상에 도가 있으면 만물과 더불어 모두 번창하고, 세상에 도가 없으면 덕을 닦으며 한가로이 지내다가, 오랜 세월이 지나고 세상에 염증이 나면 버리고 위로 올라가, 저 흰 구름을 타고 하느님이 있다는 곳인 제향에 이르니, 무슨 욕될 일이 있겠습니까?"

한번은 요임금이 말했다.

"누구를 등용하는 것이 좋겠소?"

이에 방제가 말했다.

"맏아들 단주가 총명합니다."

요임금이 말했다.

"아! 단주는 시끄럽게 다투니 나라를 맡길 수 없소. 과연 누구를 추천하여 나의 다스림을 따르게 하겠소?"

환두가 말했다.

"아! 공공이 세상을 두루 안정시키고, 공적을 갖췄습니다."

요임금이 말했다.

"아! 그의 말은 깨끗하나 인재를 채용함에 있어 원칙에 위배되고, 외양은 공손하나 하늘을 업신여기오. 아! 사악이여, 세차게 흐르는 홍수가 나라를 가르고, 넓고도 넓게 흘러 산을 둘러싸고 언덕을 넘쳐, 백성들이 탄식하니, 이를 다스릴 수 있는 이가 있겠소?"

이에 모두가 말했다.

"아! 곤입니다."

그러자 요임금이 말했다.

"아! 안 되오. 그는 명을 거스르고 심지어 친족의 관계마저도 무너뜨렸소."

악이 말했다.

"곤이 뛰어납니다! 되는지 시험해 보는 것이니 단지 그뿐입니다."

결국 요임금은 곤을 채용하였지만, 9년이 되도록 공적을 이루지 못했다. 이처럼 요임금은 인재를 등용할 때 덕을 중시하였으니, 능력이나 명성보다 덕망을 더 중시하였던 것이다.

또 하루는 요임금이 말했다.

"아! 사악이여. 짐이 재위한 지 70년인데, 그대는 천명을 변치 않게 할 수 있으니, 짐의 자리를 사양하겠소."

그러자 악이 말했다.

"저는 덕이 없어 임금 자리를 더럽힐 것입니다."

이에 요임금이 말했다.

"귀족이거나 관계가 먼 사람, 숨어 사는 사람 모두를 천거하여, 뛰어난 이를 밝히고 미천하거나 숨어 지내는 이를 드러내 주시오."

모두가 요임금에게 말했다.

"민간에 홀아비가 있는데, 순이라 합니다."

요임금이 말했다.

"그러한가, 짐은 그에 대해 들었소. 그는 어떠하오?"

사악이 말했다.

"장님의 아들입니다. 아버지는 완고하고, 어머니는 간사하며, 동생은 교만하지만, 온화하게 부모님을 섬기고 수양하니, 어지러움에 이르지 않게 되었습니다."

그러자 요임금이 말했다.

"내가 그를 시험해 보겠소."

결국 요는 두 딸을 그에게 시집보내어, 두 딸을 통해 그의 덕을 살폈다.

요임금은 아들 단주가 못나고 어리석어 세상을 넘겨주기에 부족하다는 것을 알았고, 그래서 이에 정권을 순에게 주었다. 순에게 주면 세상이 이로움을 얻고 단주가 원망을 하지만, 단주에게 주면 세상이 원망하고 단주가 이로움을 얻게 되는 것이다.

요임금이 말했다.

"결국 한 사람을 이롭게 하여 세상이 원망하게 할 수는 없다!"

28년이 지나고, 요임금이 죽었다. 귀족들이 마치 부모상을 하는 것과 같이 슬퍼했고, 3년 동안 사방에서 음악을 행하지 않음으로써 요를 그리워했다. 3년상이 끝나자, 순은 단주에게 임금의 자리를 양보하고 남쪽으로 물러났다. 하지만 제후 중에 조정에 알현하는 이들이 단주에게 가지 않고 순에게 갔으며, 소송을 하는 이들이 단주에게 가지 않고 순에게 갔으며, 칭송하는 이들이 단주를 칭송하지 않고 순을 칭송했다.

그러자 순이 탄식하며 말했다.

"아! 하늘의 뜻이로다."

이에 결국 요임금의 뒤를 이어 순임금이 왕위에 올랐다.

하루는 순임금이 열두 고을의 수령인 십이목과 상의하여 말했다.

"먹는 것은 때를 맞춰야 하나니! 먼 곳을 편안하게 하여 능히 가깝게 하고, 덕에 힘써 백성들에게 진심으로 대하며, 사람을 씀에 삼가면, 오랑캐들이 좇아 복종할 것이오."

이에 우가 말했다.

"임금이 능히 그 임금 자리를 어려워하고, 신하가 능히 그 신하 자리를 어려워하면, 정치가 이에 다스려지고, 수많은 백성들이 덕에 힘쓰게 될 것입니다."

그러자 순임금이 말했다.

"그렇소! 진실로 이와 같다면, 좋은 말이 숨겨지는 바가 없고, 현명한 이들이 모두 등용되어 민간에 인물이 없게 되어, 만방이 모두 평안할 것이오. 여러 사람들에게 상의하고, 자기를 버리고 남을 따르며, 의지할 곳이 없는 이들을 깔보지 않고, 곤궁한 이들을 버리지 않는 것은, 오직 요임금

노자의 유언

만이 늘 해내셨소."

익이 말했다.

"아! 경계하소서! 근심이 없을 때 경계하고, 법도를 잃지 말아야 합니다. 편안히 놀지 말고, 즐거움을 탐하지 말아야 합니다. 게으르지 않고 허황되지 않으면, 사방의 오랑캐들이 임금에게 올 것입니다."

우가 이어서 말했다.

"아! 임금께서는 기억하소서! 오직 덕행을 해야 잘 다스릴 수 있으니, 정치는 백성을 기르는데 있습니다. 물 불 쇠 나무 흙과 곡식을 다스리고, 덕을 바로 잡고 쓰임을 이롭게 하며 살림을 안정시키고 조화롭게 해야 합니다."

하루는 순임금이 말했다.

"오시오, 그대 우여! 짐이 재위에 있은 지 33년이니, 늙어서 힘써 일함에 더듬거리고 게을러지오. 그대는 게으르지 말고, 짐의 백성들을 이끌어 주시오."

그러자 우가 말했다.

"저의 덕으로는 견디어낼 수 없으니, 백성들이 따르지 않을 것입니다. 고요가 힘써 덕을 폈고, 덕이 이에 내려져 수많은 백성들이 그를 따릅니다. 임금께서는 유념하십시오! 그를 생각함은 그 공적이 있고, 그를 버려도 그 공적이 있으며, 그 이름을 말하는 것은 그 공적에 있어, 진실로 그가 나아옴은 그 공적에 있으니, 임금께서는 오로지 공적을 생각하십시오."

그러자 순임금이 말했다.

"우여! 홍수가 발생하여 나를 경각시켰는데, 믿음을 이루고 공을 이루었으니, 그대의 어질음 때문이오. 나라에 능히 부지런하고, 집안에 능히 검소하며, 스스로 만족하여 위대한 체하지 않으니, 그대의 어질음 때문이오. 그대는 자랑하지 않기에 세상은 그대와 기량을 다툴 수 없고, 그대가 드러내지 않기에 세상은 그대와 공을 겨룰 수가 없소. 나는 그대의 덕을 독려하고 그대의 큰 공을 기리니, 하늘의 헤아림이 그대 몸에 있어서, 그대가 결국에는 임금에 오를 것이오. 사람의 마음은 위태롭고, 도의 마음은 희미하니, 정성스럽고도 한결같이, 그 중을 진실로 잡아야 하오. 상의하지 않은 말은 듣지 말고, 상의하지 않은 계책은 쓰지 마시오. 사랑할 만한 것이 임금이 아니겠소? 두려워할 만한 것이 백성이 아니겠소? 백성들은 임금이 아니면 누구를 받들겠소? 임금은 백성이 아니면, 더불어 나라를 지킬 사람이 없소. 공경하시오! 삼가면 이에 자리가 있게 되고, 공경하여 베풀면 바랄 수 있으니, 온 나라가 곤궁해지면, 하늘이 준 복록도 영영 끝나게 되오. 입에서 나는 말은 곧잘 전쟁을 일으키니, 나는 다시 말하지 않겠소."

우는 사람됨이 민첩하고도 부지런했으니, 바탕은 어긋남이 없고 그의 인자함은 가까이할 수 있었다. 말은 믿을 수 있었으니, 말하면 규율이 되고 행하면 법도가 되었다. 또한 세상의 이치를 명확하게 헤아려 드러내었으니, 부지런하고도 온화하여 나라의 기강이 되었다. 우는 돌아가신 아버지 곤이 공을 이루지 못해 형벌을 당한 것이 마음 아팠기에, 이에 몸을 수고롭게 하고 애태우며 밖에서 지낸지 13년 동안 집 문을 지나도 감히 들어가지 않았다. 입고 먹는 것을 소홀히 하고, 귀신을 극진히 섬겼다. 거처를 누추하게 하고, 수로에 비용을 다 썼다.

하루는 순임금이 우에게 말했다.

"그대 또한 덕이 있는 말을 해보시오."

이에 우가 절하여 답했다.

노자의 유언

"아! 제가 어찌 말하겠습니까! 저는 하루 종일 부지런함을 생각하고 있습니다."

그러자 고요가 삼가 우에게 말했다.

"무엇을 부지런하다고 일컫습니까?"

우가 말했다.

"직이라는 인물과 더불어 백성들에게 구하기 어려운 음식을 주고, 음식이 모자라면 남음이 있는 것을 옮겨 부족함을 보충해주었으며, 옮겨 살게 했습니다. 백성들이 이에 안정되고, 온 나라가 다스려졌습니다."

그러자 고요가 말했다.

"그렇습니다. 이는 훌륭합니다."

우가 이어서 말했다.

"아, 임금이시여! 신중하여 이에 재위하시면 임금님의 거동이 편안하실 것이고, 덕을 도우면 세상이 크게 응할 것입니다. 맑은 뜻으로써 인도하여 하늘의 명을 기다리시면, 하늘이 명을 삼가여 관대함을 베풀 것입니다."

순임금이 말했다.

"아! 진정한 신하로다! 신하는 짐의 다리 팔 귀 눈이다. 나는 좌우에 백성이 있기를 원하니, 그대가 도와주시오. 나는 옛사람의 도리와 일월성신을 관찰하여, 의복의 양식을 수놓고자 하니, 그대는 명확히 하시오. 그대는 경청하시오. 내가 만약 벗어나면, 그대는 나를 바로 잡으시오. 그대는 앞에서는 아첨하다가, 물러나서 나를 비방해서는 안 되오. 사방의 보좌하는 신하들을 공경하시오. 아첨으로 총애를 받는 수많은 신하들에 대해서는, 임금의 덕이 성실하게 베풀어지면 모두 깨끗해질 것이오." 이에 우가 말했다.

"그렇습니다, 임금께서 만약 때를 맞추지 않으시면, 선과 악이 함께 베풀어져, 공적을 이룰 수 없습니다."

16

재화는 대동시대와 연관된 역사기록들을 정리하고 나서, 자기 아니 좀 더 엄격하게 이야기해서 성중의 의도에 대해 서서히 자신감이 생기기 시작했다. 그리고 이어서 소강시대에 대한 기록을 찾아 정리하기 시작했다.

순임금을 이어 왕위에 오른 우임금이 바로 하나라의 시작이다. 우임금은 한 번 식사를 할 때 열 번을 일어났으니, 이처럼 세상의 백성을 위해 애썼다. 하루는 우임금이 밖으로 나가다가 죄인을 보고, 수레에서 내려 묻고는 울며 말했다.

"요순시절의 사람들은 요순임금의 마음을 마음으로 삼았는데, 과인이 임금이 되고는 백성들 각자 그들의 마음을 마음으로 삼으니, 과인이 그것을 애석히 여긴다."

한 번은 우임금이 양자강을 건너는데, 황룡이 배를 짊어지니 배 안의 사람들이 두려워했다. 이에 우임금이 하늘을 우러러 탄식하며 말했다.

"나는 하늘에서 명을 받아 힘을 다해 만백성을 위해 애썼는데, 사는 것은 임시로 얹혀사는 것이고 죽는 것은 돌아가는 것이다."

우임금이 이처럼 용을 보기를 마치 도마뱀처럼 하여 안색이 변치 않으니, 용이 머리를 숙이고 꼬리를 밑으로 내리고 갔다.

하나라를 이은 은나라의 중훼가 탕왕에게 말했다.

"임금께서는 음악과 여색을 가까이 하지 않고, 재물과 이익을 불리지 않았으며, 덕이 많으면 관직을 높이고, 공이 많으면 상을 후하게 하였으며, 사람을 등용하되 자기처럼 대우하고, 허물 고치기를 인색하게 하지 않아, 능히 너그럽고 인자하여 백성들에게 믿음을 보이셨습니다."

중훼가 계속 말했다.

"어진 이를 돕고 덕이 있는 이를 도우며, 충성스러운 이를 드러내고 어진 이를 이루게 하며, 약한 이는 포용하고 어리석은 이는 책망하며, 어지러운 이를 돕고 망하는 이를 업신여기며, 없애야 할 것을 밀어내고 존재해야 할 것을 튼튼히 하면, 나라가 이에 번창합니다. 덕이 날로 새로워지면 만방이 그리워하고, 마음이 자만하면 구족이 이에 떠날 것이니, 임금께서는 힘써 큰 덕을 밝혀 백성들에게 중을 세워야 합니다. 의로 일을 바로잡고 예로 마음을 바로잡으면, 후대 자손들에게 넉넉함을 드리울 것입니다. 제가 들으니, 능히 스스로 스승을 얻으면 왕이 되고, 남들이 자기만 못하다고 말하는 자는 망하며, 묻기를 좋아하면 넉넉해지고, 자기 것만 쓰면 작아진다고 합니다. 아! 그 끝을 삼가려면 그 시작을 생각해야 하니, 예가 있으면 키우고, 어둡고 포악하면 엎으십시오. 하늘의 도를 삼가 공경해야, 하늘의 도를 영구히 보존할 것입니다."

한 번은 탕이 말했다.

"나에게 말씀이 있으니 사람이 물을 바라보면 모습을 보고, 백성들을 보면 다스려지는지 아닌지를 아오."

이에 이윤이 말했다.

"명철하십니다! 말씀을 능히 들을 수 있으면, 도가 이에 나아갑니다. 부모가 자식 보듯 나라가 백성을 대하면, 선을 행하는 자들이 모두 왕궁에 있게 됩니다. 힘쓰십시오. 힘쓰십시오."

하루는 탕이 나가서, 들에 사면으로 그물을 펼쳐놓고, "세상 사방 모두가 내 그물로 들어오게 하소서"라고 비는 이를 보았다. 탕이 말했다.

"아, 다 잡으려 하는구나!"

이에 삼면을 거두고, "왼쪽으로 가려면, 왼쪽으로, 오른쪽으로 가려면, 오른쪽으로 가게 하소서. 명령을 따르지 않으면, 이에 내 그물로 들어오게 하소서."라고 빌었다. 제후들이 듣고, 말했다.

"탕의 덕이 지극하니, 금수에게까지 미쳤구나."

큰 가뭄이 칠 년 동안 계속되자, 태사가 점을 쳐 말했다.

"마땅히 사람을 제물로 바쳐서 기도를 해야 합니다."

그러자 탕이 말했다.

"내가 바라는 바는 백성을 위해서이니, 만약 반드시 사람을 바쳐서 기도해야 한다면, 내 스스로 제물이 되기를 청한다."

세월이 흐르고, 이윤은 탕왕이 이룬 덕을 말함으로써 태갑임금을 훈계하였다.

"아! 옛날 하나라의 선왕들은 그 덕을 힘쓰셨기에, 재앙이 없었습니다. 산천의 귀신들 역시 편안하지 않음이 없었고, 조수나 물에 사는 동물들이 더불어 좇았습니다."

이윤이 계속 말했다.

노자의 유언

"이제 태강임금께서 그 덕을 이으시려면 처음부터 살피지 않으면 안 되니, 사랑을 세우는 것은 부모를 생각하시고, 공경함을 세우는 것은 연장자를 생각하시며, 집안과 나라에서 시작하여 온 천하에서 마쳐야 합니다. 아! 선왕께서는 백성의 기강을 바로잡아 다스리셨고, 간언을 따라 어기지 않으셨으니, 이전의 백성들은 늘 따랐습니다. 윗자리에 있으면 능히 밝히고, 아랫자리에 있으면 능히 충성하며, 사람들과 함께 함에 모든 것을 갖추기를 바라지 않았고, 자신의 몸을 단속함에 항상 부족해하는 것처럼 하셨습니다. 이에 만방을 소유하기에 이르렀으니, 이것은 어려운 것입니다."

이윤이 계속 말했다.

"감히 궁중에서 항상 춤을 추거나, 집에서 술을 마시고 흥겨워 노래를 부르면, 이때를 무풍이라 이릅니다. 감히 재화와 여색을 탐하고, 늘 유람과 사냥을 다니면, 이때를 음풍이라 이릅니다. 임금께서 덕을 중시하시면 만방이 기뻐할 것입니다. 하지만 임금께서 부단히 부덕하지 않은가하고 되돌아보지 않으면, 그 종묘가 무너질 것입니다. 선왕께서는 먼동이 틀 무렵에 앉아서 아침을 기다리셨고, 뛰어난 인재와 훌륭한 선비들을 두루 찾아 구하여 후인들을 계도하셨으니, 그 명을 어김으로써 스스로 엎어지지 마십시오. 신중하여 이에 검소한 덕을 행하시고, 장구한 계책을 품으십시오. 우인이 쇠뇌에 활시위를 얹어 화살 끝이 법도에 맞는지 살피고 활을 발사하는 것처럼, 그 행동거지를 공경하고 선조가 행하신 바를 따르면, 제가 기뻐할 것이고, 또한 만세에 그 말씀이 남을 것입니다."

이윤이 거듭 임금에게 고하였다.

"아! 하늘은 친한 이가 없어서 능히 공경하는 이만을 친근히 대하고, 백성들은 항상 그리워하는 사람이 없어서 어진 이를 그리워하며, 귀신은 항상 흠향하는 사람이 없어서 능히 정성스러운 사람에게 흠향하니, 하늘이 준 지위는 어렵습니다. 덕으로 다스려야 하니, 덕을 부정하면 어지러워집니다. 바로잡음을 베풀어서 함께 이끌면 흥하지 않을 수 없고, 무도함을 베풀어서 함께 부리면 망하지 않을 수 없습니다. 시종 베풀음에 신중하면, 훌륭한 임금을 밝힐 것입니다. 높은 곳에 오르려면, 반드시 낮은 곳에서 시작해야 합니다. 먼 곳에 가려면, 반드시 가까운 곳에서 시작해야 하는 것과 같습니다. 백성의 일을 가벼이 여기지 말고 어려움을 생각하며, 그 지위를 편안하게 여기지 말고, 끝을 삼가려면 시작부터 삼가야 합니다. 임금의 마음에 거슬리는 말이 있으면, 반드시 그것이 도에 맞는지 가려야 합니다. 임금의 뜻에 따르는 말이 있으면, 반드시 그것이 도에 어긋나는지 가려야 합니다. 임금이 교묘한 말 때문에 옛 정치를 어지럽히지 않고, 신하가 총애와 이익 때문에 성공에 머무르지 않으면, 나라가 오래도록 아름답게 빛날 것입니다."

이윤이 또 말했다.

"아! 하늘을 믿기 어려운 것은 천명이 항구하지 않기 때문이니, 그 덕이 항구하면 그 지위를 보존하고, 그 덕이 항구하지 못하면 구주가 망하게 됩니다. 하나라 왕이 덕을 항구히 하지 못하여 귀신을 업신여기고 백성들을 해치자, 황천이 보호하지 않고 만방을 살펴 천명이 있는 이를 가르쳐 길을 열었고, 순일한 덕이 있는 이를 찾아 돌보시니, 귀신을 받드는 주인이 되게 하였습니다. 저 이윤은 몸소 탕왕과 함께 모두 순일한 덕을 갖춰서 천심을 흠향할 수 있었으니, 하늘의 밝은 명을 받은 것입니다. 하늘이 우리 상나라에 사사로움이 있은 것이 아니라, 하늘이 순일한 덕을 도운 것이고, 상나라가 백성들에게 청한 것이 아니라, 백성들이 순일한 덕으로 귀속한 것입니다. 덕이 한결같으면 움직여서 길하지 않은 것이 없고, 덕이 한결같지 않으면 움직여서 흉하지 않은 것이 없습니다. 관리를 임용함에 어진 이와 재능 있는 이를 생각하고, 좌우에는 그 임용한 어질고 재능 있는 이를 세우십시오. 신하는 위로는 덕을 행하고 아래로는 백성들을 위하는 것이라 어렵고도 신중히 해야 하니, 오직 조화롭고 한결같아야 합니다."

이윤이 계속해서 말했다.

"덕에는 일정한 스승이 없어서 선을 주로 하는 것을 모범으로 삼고, 선에는 일정한 모범이 없어서 능히 한결같을 수 있음을 돕는 것입니다. 임금은 백성이 아니면 부릴 수 없고, 백성은 임금이 아니면 섬길 이가 없으니, 스스로 크다고 하여 다른 사람을 경시하면 안 됩니다. 평범한 남녀가 정성을 다함을 얻지 못하게 되면, 백성의 주인은 더불어 그 공을 이룰 수 없습니다."

은나라의 부열이라는 인물이 고종에게 말했다.

"관직은 사사로이 미치지 않도록 하여야 하니 오직 유능한 자를 가까이 하고, 작위는 악한 이에게 미치지 않도록 하여야 하니 오직 현명한 이에게 베풀어야 합니다."

부열이 계속 말했다.

"선하다고 생각되면 움직이고, 행동은 그 때에 맞아야 합니다. 선하다고 여기면 선함을 잃고, 재능을 자랑하면 그 공을 잃게 됩니다. 해야 할 일에 종사하면 이에 준비하게 되니, 준비함이 있으면 후환이 없습니다. 총애하거나 업신여기지 말고, 허물을 부끄러워하여 잘못을 저지르지 말아야 합니다. 그 머무르는 바를 생각하면서 자신의 자리에 있으면, 정치가 순박해집니다. 아는 것이 어려운 것이 아니라, 행하는 것이 어려운 것입니다. 임금께서 정성껏 하여 행하는 것이 어렵다고 여기지 않으시면, 능히 선왕이 이루신 덕을 따를 것이니, 저 부열이 말씀드리지 않는다면 저에게 허물이 있는 것입니다."

주나라의 태왕(주나라 문왕의 선조)인 고공단보는 후직과 공류의 공적을 다시 닦아 덕을 쌓고 의를 행하자, 나라 사람들이 모두 그를 받들었다. 변방의 훈육과 융적이 그를 공격하여 재물을 얻으려고 하자, 재물을 주었다. 얼마 되지 않아 다시 공격하여, 땅과 백성을 얻고자 했다. 이에 백성들이 모두 노하여 싸우려 하자, 고공이 말했다.

"백성들이 임금을 세우는 것은, 장차 그들을 이롭게 하려는 것이다. 지금 융적이 공격하는 바는, 나의 땅과 백성 때문이다. 백성들이 나에게 있는 것이, 저들에게 있는 것과 어찌 다르겠는가? 백성들이 나 때문에 싸우면, 사람들의 부자를 죽여 임금이 되는 것이니, 나는 차마 못하겠다."

이에 고공은 가신들과 더불어 마침내 빈 지역을 떠나, 칠수와 저수를 건너, 양산을 넘어, 기산 아래에 머물렀다. 그러자 빈 지역 사람 전부 노인을 부축하고 어린이의 손을 이끌어, 모두 다시 기산 아래의 고공에게 귀속했다. 더불어 다른 이웃나라에서 고공의 어질음을 듣고, 역시 많은 이들이 그에게 귀속했다.

공계가 죽고 아들 창이 즉위하니, 이 사람이 서백이다. 서백은 후대에 추존된 주나라의 문왕으로, 후직과 공류의 사업을 따르고 고공과 공계의 법도를 본받아 성실하고 인자하며 늙은이를 공경하고 아랫사람에게 사랑을 베풀었다. 어진 사람에게는 예의로 자신을 낮추었는데, 한낮에는 식사할 겨를도 없이 土(사)들을 접대하였으므로, 土(사)들이 서백에게 많이 몰려들었다. 백이와 숙제는 고죽에 있었는데 서백이 노인을 잘 봉양한다는 소문을 듣고 함께 가서 서백에게 귀의했다.

은나라를 이은 주나라 무왕이 하늘의 도를 묻자, 기자가 대답했다.

"치우치지 않고 편들지 않으면 임금의 도는 평탄하고, 편들지 않고 치우치지 않으면 임금의 도는 평평하며, 어기지 않고 배반하지 않으면 왕의 도는 정직해지고, 지극함이 있는 이들을 모으면, 지극함이 있음으로 돌아가게 됩니다."

기자가 거듭 말했다.

"그대가 곧 따르고, 갑골로 치는 점이 따르며, 톱풀로 치는 점이 따르고, 경대부가 따르며, 수많은 백성들이 따르면, 이를 대동이라고 일컬으니, 자신은 편안하고 굳세며, 자손들은 크고 넓게 되니, 길한 것입니다."

하루는 주 무왕이 여라는 나라의 명물인 큰 개를 선물 받자, 소공이 말했다.

"보옥을 같은 성씨의 나라에 나누어줌으로써 친함을 펴시면, 사람들이 물건을 경시하지 않고 그 물건을 덕스럽게 생각할 것입니다. 덕이 성하면 업신여기지 않게 되는데, 군자를 업신여기면 사람의 마음을 다할 수 없게 되고, 신분이 낮은 백성을 업신여기면 그 힘을 다할 수 없게 됩니다. 귀와 눈을 부리지 않으면, 온갖 법도가 바르게 됩니다. 사람을 경시하면 덕을 잃게 되고, 사물을 경시하면 본심을 잃게 됩니다. 개와 말은 그 토양의 것이 아니면 기르지 말고, 진귀한 새와 짐승은 나라에서 키우면 안 됩니다. 멀리 있는 물건을 귀중하게 여기지 않으면, 멀리 있는 사람들이 이르게 될 것이고, 어진 이들이 귀중히 여겨지면, 곧 가까이 있는 사람들이 편안해지게 됩니다."

주공이 말했다.

"아! 제가 듣건대 옛날 은나라 임금 중종은 엄숙히 삼가며 공경하고 두려워하여 천명을 스스로 헤아렸고, 백성을 다스림에 공경하고 두려워하여, 감히 편안함에 빠지지 않았습니다. 드디어 중종은 나라를 칠십오 년 누리셨습니다. 고종이 재위했을 때, 오랫동안 밖에서 수고로우셨고, 이에 신분이 낮은 백성들과 함께 하였습니다. 즉위를 해서는 상을 입으시고, 삼 년 동안 말하지 않았습니다. 말하지 않았으나 말하면 온화했고, 그렇다고 감히 편안함에 빠지지 않았으니, 은나라가 아름답고도 평안해졌습니다. 낮은 사람이건 높은 사람이건, 원망하는 이가 없게 되었습니다. 이에 고종은 나라를 오십구 년 누리셨습니다. 조갑이 재위해서는 스스로 의로운 왕이 아니라 하고, 오래 신분이 낮은 백성이 되었습니다. 즉위하여서는 신분이 낮은 백성의 의지함을 알고, 수많은 백성들을 능히 보호하고 사랑하였으며, 감히 홀아비나 과부를 업신여기지 않았습니다. 드디어 조갑은 나라를 삼십삼 년 누리셨습니다."

주공이 거듭 말했다.

"아! 또한 우리 주나라 태왕과 왕은, 능히 스스로 조심하고 두려워하셨습니다. 문왕은 허름한 옷을 입고 곧 편히 해주는 일과 밭일을 하셨으니, 아름답게 복종하고 훌륭하게 공경하여, 신분이 낮은 백성들을 아끼고

노자의 유언

보호하며, 홀아비와 과부들을 사랑하고 새로이 하셨습니다. 아침부터 한 낮을 거쳐 해가 기울 때까지, 한가하게 밥을 먹지 못하고, 모든 백성들을 다 화목하게 하셨습니다. 문왕은 감히 노닐거나 사냥하지 않고 온 나라를 올바름으로 받드셨으니, 문왕이 천명을 받은 것이 단지 마흔이었고, 나라를 오십 년 누리셨습니다."

주나라 성왕이 말했다.

"영화로움에 자리했을 때 위태로움을 생각하고, 두려워하지 않음이 없도록 해야 합니다. 두려워하지 않으면, 두려움에 빠지게 되오."

주 성왕이 계속 말했다.

"군진이여, 그대는 주공의 큰 교훈을 넓히고, 권세에 의지하여 위세를 떨치지 말며, 법에 의거하여 모질게 하지 마시오. 너그럽고도 법도가 있고, 침착하고 덤비지 않음으로써 화합하시오. 은나라 백성들이 위법을 했을 때, 내가 벌하라고 말해도 그대는 벌하지 말고, 내가 용서하라고 말해도 그대는 용서하지 말며, 오직 중을 따르시오."

주나라 목왕이 말했다.

"교묘하게 꾸미는 말을 하거나 아첨하는 태도나 남의 비위를 맞추거나 아양을 떠는 이는 거느리지 말고, 어진 선비를 세워야 하오. 따르는 신하가 바르면 그 임금이 능히 바르게 될 것이고, 따르는 신하가 아첨하면 그 임금은 스스로 성스러워하여 자만할 것이니, 임금의 덕은 신하 때문이고 부덕한 것도 신하 때문이오."

17

이제 재화는 대동 및 소강과 상반되는 혼란의 시기 즉 도가 없어진 세상을 묘사한 기록들을 찾기 시작했다. 이 작업이 끝나고 기록들을 노자 『도덕경』의 각 구절에 대입시키면, 자신의 뜻을 관철하는데 일정한 논리와 설득력을 갖출 수 있을 것이라는 확신이 들자, 피곤했던 몸이 조금은 가벼워짐을 느꼈다.

하나라의 태강은 임금 자리에 오르자 멋대로 즐기며 놀았으니, 놀고 게으름만 피우며 덕을 망쳤다. 수많은 백성들이 다 두 마음을 갖게 되었는데, 이에 즐거이 놀고 절도가 없었으니, 낙수의 바깥으로 사냥을 가서 백 날이 지나도 돌아오지 않았다.

태강의 다섯 아우 중 그 첫째가 말했다.

"선조께서 훈계하심이 있으니, 백성들은 가까이할 수 있으나, 얕잡아 보면 안 된다. 백성은 나라의 근본이고, 근본이 단단해야 나라가 안녕하다. 내가 세상을 살피니, 어리석은 남자와 어리석은 여자가 모두 나보다 훌륭하다. 한 사람이 거듭 실수함에, 원망이 어찌 드러나기를 살피노니, 보지 않고도 알 수 있다. 내 백성들을 다스림에 썩은 새끼줄로 말 여섯 마리를 모는 듯 삼가니, 위에 있는 사람이 어찌 공경하지 않겠는가?"

그 둘째가 말했다.

"훈계하심이 있으니, 안으로 여색에 빠지거나, 밖으로 사냥에 빠지거나, 술을 달게 여기거나 음악을 즐기거나, 집을 크고 높게 짓거나 담장에

무늬를 새기거나, 이들 중에 한 가지가 있으면, 나라가 망하지 않은 이가 없다."

그 셋째가 말했다.

"저 도당 요임금부터 이 기 나라가 있었는데, 지금 그 도를 잃고 그 기강을 어지럽혀, 이에 멸망함에 이르렀다."

하나라 공갑 이후, 왕고 왕발을 거쳐 왕 이계에 이르렀으니, 걸이라고 불렀는데, 탐욕스럽고 사나웠으며 힘은 능히 쇠갈고리로 된 밧줄을 펼 수 있었다. 옥으로 장식한 궁궐과 누각을 짓고, 백성들의 재물을 다하여, 고기로 숲을 만들고, 술로 만든 못은 배를 띄울 수 있었으며, 술지게미로 쌓은 둑에서 십 리를 볼 수 있었는데, 이렇듯 왕이 사치하자 나라 백성들의 신망이 크게 무너졌다. 걸임금 때에 이르러, 공갑 이래로 제후들 대부분이 하나라를 배반했는데도, 걸은 덕에 힘쓰지 않고 무력으로 백성들을 해하니, 백성들이 견디지 못했다. 이에 탕을 불러 하대에 가두었는데, 얼마 되지 않아 그를 풀어주었다. 탕이 덕을 닦으니, 제후들이 모두 탕에게 귀속했고, 탕은 결국 군대를 이끌어 하나라의 걸을 토벌했다.

은나라 을임금이 죽고, 아들 신이 즉위하니, 이 사람이 신제이다. 세상은 그를 주라고 불렀다. 주임금은 천성적으로 말솜씨가 좋고 행동이 빨랐으며, 보고 들음에 매우 영리했고, 능력이 일반인을 능가했으며, 맨손으로 맹수와 맞섰고, 지혜는 충분히 간언을 막을 수 있었으며, 말은 충분히 거짓으로 꾸며낼 수 있었고, 능력을 신하들에게 자랑하고, 명성을 세상에 드높이려 했으며, 모두가 자기 아래라고 여겼다. 또한 부세를 두터이 함으로써 녹대의 돈을 채우고 거교를 곡식을 메웠다. 귀족들이 원망하고 제후들 중에는 배반하는 이들이 있었으니, 주는 이에 형벌을 무겁게 하여, 쇠기둥을 달궈 걷게 하는 포락이라는 형벌이 있게 되었다.

또한 극도로 사치하여 상아 젓가락을 사용하니, 기자가 탄식하여 말했다.

"주임금이 상아 젓가락을 사용하니, 반드시 토기에 담아 먹지 않고 장차 옥배로 쓸 것이요, 옥배와 상아 젓가락을 쓰면, 반드시 명아주와 콩잎으로 국을 끓이거나 거친 베옷을 입고 이엉으로 덮은 지붕에서 지내는 등 아래로 모범을 보이지 않을 것이니, 겹겹의 비단옷, 높은 누대와 넓은 궁궐, 이에 걸맞게 구하면, 세상의 재물이 부족하게 된다."

주왕이 유소씨를 정벌하여, 유소씨가 달기를 바치니, 사랑하여 그녀의 말을 모두 따랐다. 부세를 두터이 하여, 그럼으로써 녹대의 재물을 튼튼하게 하고, 거교의 곡식을 채워, 사구와 원대를 넓혔으며, 술로 못을 만들고, 고기를 매달아 숲을 만들어, 며칠이고 계속 술자리를 벌였으니, 백성들이 원망하고, 제후들 중에 배반하는 이들이 있었다.

주나라 목왕이 장차 견융을 정벌하려 하자, 제공 모보가 간하여 말했다.

"불가합니다. 선왕께서는 덕을 밝혔지 무력을 보이지는 않으셨습니다. 무릇 무력이란 거두었다가 때가 되면 움직이는 것이니 움직이면 위엄이 있으나, 보이면 곧 장난이 되니 장난하면 곧 위엄이 없게 됩니다. 문왕과 무왕에 이르러, 전대의 광명을 밝히고 자애와 화목을 더하여, 신을 섬기고 백성을 보호하였으니, 기뻐하지 않는 이들이 없었습니다. 명령을 선

노자의 유언

포하고 타일러도 이르지 않으면, 곧 한층 더 덕을 수양했고, 백성들이 원정에 동원되지 않았습니다. 이 때문에 가까이는 듣지 않는 이가 없고, 멀리는 복종하지 않는 이가 없게 되었습니다."

하지만 목왕은 마침내 그들을 정복하고, 흰 이리 네 마리와 흰 사슴 네 마리를 얻어서 돌아왔다. 결국 이때부터 황복 지역이 귀속하지 않게 되었다.

주나라 여왕은 30년 동안 재위했는데, 이익을 좋아하고 영이공을 가까이 했다. 대부 예량부가 여왕에게 간하여 말했다.

"왕실이 장차 쇠할 것입니다. 무릇 영이공은 이익을 독점하기를 좋아하나 큰 재앙은 알지 못합니다. 무릇 이익이란 만물에서 생기는 바이고 천지가 완성하는 바인데, 독점하게 되면 그 피해가 많아집니다. 천지와 만물은 모두가 얻기를 바라는데, 어찌 사사로이 할 수 있겠습니까? 무릇 왕이란 사람은, 장차 이익을 이끌어 위아래로 베푸는 사람입니다. 귀신과 사람 만물로 하여금 지극함을 얻지 못하는 바가 없도록 하고, 오히려 날마다 두려워 조심해야 하며, 원망이 이르게 될까 걱정해야 합니다. 필부가 이익을 독점해도 가히 도적이라 일컫는데, 왕이 그것을 행하면 귀속하는 이들이 드물 것입니다."

여왕이 횡포하고 잔악하며 사치하고도 오만하자, 나라 사람들이 임금을 비방했다. 소공이 간언하여 말했다.

"백성들이 명을 견디지 못합니다!"

여왕은 노하여, 위나라의 무당을 불러 비방하는 자들을 감시하게 하고, 보고하면 곧 살해했다. 그러자 백성들이 길에서 눈짓으로만 전달했는데, 왕이 기뻐하여 말했다.

"나는 능히 비방을 그치게 할 수 있다."

이에 소공이 말했다.

"이는 막는 것입니다. 백성들의 입을 막는 것은, 물을 막는 것보다 심합니다. 물이 막히면 무너져, 많은 이들이 필히 다치게 되니, 백성 역시 이와 같습니다. 이 때문에 물을 다스리는 자는 물을 흐르게 하여 인도하고, 백성을 다스리는 자는 백성들을 밝혀 말하게 하는 것입니다."

그럼에도 불구하고 여왕이 말을 듣지 않자 나라 사람들이 서로 더불어 배반하니, 결국 여왕은 체 땅으로 달아났다.

18

재화는 그간 수집해온 자료들을 맥락에 맞춰서 노자 『도덕경』의 각 구절에 대입하기 시작했다. 그러한 작업에 착수한 지도 수개월이 지나고, 재화는 드디어 대동사회의 통치이념체계를 정리해낼 수 있었다.

노자의 유언

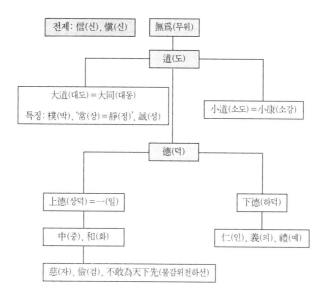

먼저 노자는 대동의 통치체계를 이루는 가장 기본이 되는 것이 바로 신중함(愼: 신)과 신뢰(信: 신)라고 보았는데, 특히 백성들이 지도자를 믿지 못하면 어떠한 것도 이룰 수 없다고 판단했기 때문이다. 이러한 신뢰와 신중함을 전제로 지도자가 실천해야 할 세 가지 행동준칙이 있는데, 노자는 이를 자신의 세 가지 보물이라고 표현했다. 그 하나는 백성들을 너그러이 품는 자애로움(慈: 자)이요, 또 하나는 검소함(儉: 검)이요, 그리고 마지막으로는 감히 세상의 앞에 나서시 않음(不敢爲天下先: 불감위천하선) 즉 공적을 세웠어도 그 공적을 자신의 것으로 하지 않고 뒤로 물러나는 겸손함과 자신의 뜻보다 백성의 뜻을 우선하는 자세이다.

이러한 세 가지 행동준칙을 기반으로 하여 실천해야 할 것이 중립(中: 중) 즉 어느 한 쪽으로 치우치지 않는 공정하고도 객관적인 자세와, 화합(和: 화) 즉 어느 누구나 버리지 않고 모두 함께 하려는 태도이다. 지도자가 이와 같이 할 수 있으면 순일(純一)한 덕(德) 다시 말해서 다른 불순한 것이 섞이지 않은 순수한 덕으로 다스리는 통치를 실현할 수 있는데, 노자는 이것이야말로 상급의 덕치로 보았던 것이다. 또한 이러한 상급의 덕으로 다스리면 커다란 도 즉 대도에 이를 수 있으니 바로 대동의 통치이념인데, 이러한 커다란 도의 특징으로는 순박함(樸: 박)과 변치 않는 항구함(常: 상) 그리고 함부로 말하지 않음(靜: 정)과 정성스러움(誠: 성)이 있다. 노자는 이러한 요소들을 모두 충족하게 되면 궁극적으로는 최상위의 가치인 무위(無爲) 즉 천성에 거스르지 않고 평안하게 다스리는 사회에 도달할 수 있다고 본 것이다. 반면에 노자는 '인, 의, 예'로 다스리는 것은 하급의 덕치이고, 이를 통해서는 대도와 상반되는 소도 즉 소강으로 도달할 수밖에 없다고 강조하였다.

이러한 통치이념체계를 통해서 재화가 얻은 결론은 결국 노자의 최상위 개념인 '무위'라는 것이 단순히 억지로 작위하지 말고 자연에 귀의하라는 뜻이 아니라, 백성들이 배불리 먹고 따뜻하게 입으며 하고자 하는 일을 할 수 있도록 배려하는, 천성을 거스르지 않고 오로지 신뢰를 기반으로 신중(慎: 신)에 신중을 거듭하여 다스리라는 정치적 도리였던 것이다. 노자 가치관의 핵심은 바로 하늘이 각각에게 부여한 천성에 따르는 성인정치인데, 노자가 줄곧 언급하는 성인이란 구체적으로 상고시대부터 주나라 때까지 태평성대를 이끈 지도자들 특히 대동시대의 삼황오제 및 그들을 보필한 현명한 신하들을 지칭하는 것이었다. 바로 여기서 유의해야 할 점은 노자가 주장하는 바가 태평성대로의 복귀이지만 엄격한 예악제도와 법률로 다스리는 것에는 반대했으므로, 궁극적으로는 소강을 반대하고 대동을 추구했다는 점이다. 또 하나 노자가 주장하는 바는 결국 나라를 잘 다스리려면 신중하게 인재를 잘 등용해야 하고, 이러한 인재를 선발하는 것이 바로 지도자의 가장 큰 역할이자 능력이라는 점이다. 노자는 일관되게 소강의 '예'와 '법'을 통한 통치를 반대하여 '덕치'를 펴는 대동사회로의 복귀를 주장하였으니, 이러한 노자의 '도'는 형이상학적 개념의 철학적인 '도'가 아니라 대동과 긴밀한 관계를 맺고 있는 현실적인 정치이념으로 봐야 하는 것이다. 아울러 노자가 이상향으로 삼고 있는 대동 사회는 어떠한 말이나 제도 등의 명분화된 개념으로 설명될 수 있는 것이 아니라 삼가고 노력하며 몸소 실천하는 모습을 통해서 실현되는 것이기에, 노자는 항상 '도'를 이야기할 때 모호하고 명확하지 않으며 또 말로 형용할 수 없기에 반대로 말한다고 강조하고 있다.

이제 노자가 『도덕경』을 통해서 전하고자 한 마지막 유언의 의미는 자명해졌다. 바로 지도자가 솔선수범해야 한다는 '노블레스 오블리주(noblesse oblige)'였던 것이다!

19

여기까지 생각이 미친 재화는 불현듯 대학을 다니던 시절에 배운 〈종수곽탁타전〉이 떠올랐다. 〈종수곽탁타전〉은 '나무 심는 곱사등이 곽씨 전기'라는 뜻으로, 당송팔대가 중의 하나인 류종원(柳宗元)이 우화 형식으로 쓴 것인데, 재화가 항상 머릿속에서 되뇌던 작품이기도 하다. 재화는 책장에서 대학 시절 배웠던 교재를 찾아 먼지를 털어내고는, 다시 책상으로 돌아와 앉아 책을 펼쳤다.

곽탁타의 본래 이름이 무엇이었는지 알지 못했다. 곱사병을 앓아 등이 솟아 구부리고 다녀서, 낙타와 비슷했다. 그래서 마을 사람들이 그를 타라고 불렀다. 그러자 타가 듣고는 말했다.

"참으로 좋구나. 이름이 내게 꼭 맞는다."

그렇게 본래의 이름을 버리고, 스스로를 역시 탁타라고 불렀다. 그 마

노자의 유언

을은 풍악이라고 불렸으니, 장안의 서쪽에 있었다. 타는 나무 심는 것을 업으로 삼았는데, 무릇 장안의 세도가며 부자 감상하며 노니는 이들 및 과일을 파는 이들이 모두 다투어 맞이하여 나무를 키우게 하였다. 타가 심은 나무는 옮기더라도 살지 않는 것이 없었고, 또 무성하여 빨리 과실이 번성했다. 다른 나무 심는 이들이 비록 엿보고 모방하여도, 같게 할 수 없었다. 어떤 이가 물으니, 곽탁타가 대답하여 말했다.

"나 탁타가 나무를 오래 살게 하고 우거지게 할 수 있는 것이 아니라, 나무의 천성을 능히 따름으로써, 그 본성을 다하게 할 뿐입니다. 무릇 나무의 본성은 뿌리가 펴기를 바라고, 흙은 고르게 돌아주기를 바라며, 그 흙은 본래의 것이기를 바라고, 흙을 다짐은 촘촘하기를 바라는 것이지요. 이미 그렇게 하면 건드려서는 안 되고, 걱정해서도 안 되며, 떠나면 다시 돌아보지 말아야 합니다. 심을 때는 자식 같이 하지만, 내버려둘 때는 버린 듯이 하면, 곧 그 천성이 온전해져서, 그 본성을 얻게 되는 것이지요. 따라서 나는 그 성장을 해치지 않을 뿐, 크고 무성하게 할 수 있는 것은 아닙니다. 그 열매 맺는 것을 억누르고 없애지 않을 뿐, 일찍 번성하게 할 수 있는 것은 아닙니다. 그런데 다른 나무 심는 이들은 저와 같이 하지 않으니, 뿌리를 구부리고 흙을 바꿉니다. 그 흙을 돋움은 지나치지 않으면 곧 미치지 못합니다. 참으로 저와 반대로 하는 이들은 그것을 사랑함이 지나치게 두텁고, 그것을 걱정함에 지나치게 부지런합니다. 아침에 보고 저녁에 어루만지며, 이미 떠났으나 다시 돌아와서 돌보니, 심한 자는 그 껍질을 긁어서 그것이 싱싱한지 시들었는지 검사해 보고, 그 뿌리를 흔들어서 심어진 상태가 성긴지 촘촘한지 살펴보아, 나무의 본성이 점차 흩어져 떠나게 됩니다. 비록 그것을 사랑한다고 말하지만, 사실은 그것을 해치는 것이요. 비록 그것을 걱정한다 말하지만, 사실은 그것을 죽이는 것이라서, 그러므로 나와 같이 할 수가 없는 것이니, 내가 또 어찌 할 수 있겠습니까?"

묻는 이가 말했다.

"그대의 도리를 관청의 다스림으로 응용하는 것이 가능하겠습니까?"

이에 탁타가 말했다.

"나는 나무 심는 것을 알 따름이지, 관청의 다스림은 나의 본업이 아닙니다. 그런데 내가 고을에 살면서 관청의 수장을 보니, 그 명령을 성가시게 하기를 좋아하던데, 이는 백성들을 심히 어여삐 여기는 듯하지만, 마침내는 화를 입히게 됩니다. 아침저녁으로 관리가 와서 소리쳐 말합니다. '관청에서 너희들의 경작을 재촉하게 하고, 너희들의 번식을 권면하게 하며, 너희들의 수확을 감독하게 하고, 서둘러서 우선 누에고치를 켜게 하며, 서둘러서 실로 옷감을 짜게 하고, 어린 아이들을 양육하도록 하며, 닭과 돼지를 키우게 하도록 명령하셨다!' 북을 울려 백성들을 모으고, 목제 악기를 두드려 그들을 소집합니다. 우리 서민들은 저녁밥과 아침밥을 보충하여 관리들을 위로하기에도 겨를이 없으니, 또 어찌 우리 삶을 번성케 하고 우리 본성을 편하게 하겠습니까? 그러므로 병들고 게을러집니다. 이와 같으니, 나의 본업과 또한 비슷한 점이 있지 않을까요?"

묻는 이가 기뻐하며 말했다.

"훌륭하지 않은가! 나는 나무 키우는 것을 물었는데, 사람 돌보는 방법을 얻었다. 그 일을 전하여서 관청의 훈계로 삼겠습니다."

재화는 어쩌면 류종원이야말로 노자의 '무위'를 가장 온전하게

이해하고, 또 이러한 심오한 도리를 쉽게 풀이하여 알리고자 우화 형식으로 설명한 인물일지도 모른다는 생각을 했다.

20

연구에 매진한 지 벌써 일 년 반의 세월이 훌쩍 지나갔다. 재화는 오늘도 컴퓨터 모니터 앞에서 열심히 워드작업을 하고 있었는데, 갑자기 빨랐던 손놀림을 멈추더니 심호흡을 크게 한 번 했다. 그리고 마우스로 저장버튼을 클릭하고는 컴퓨터에 꽂혀 있던 USB를 뽑아들었다.

"이제 책상작업은 끝이고, 발품을 팔 차례인가?"

재화는 이론적으로 노자의 『도덕경』을 다 풀이하기는 했지만, 더불어 무언가 더 확인할 필요가 있다고 생각했다. 사실 확인해야 할 것이 무엇인지도 잘 몰랐지만, 아무튼 막연하게나마 뭔가가 부족한 듯했다. 이어서 재화는 중국의 한 인터넷 포털 사이트로 들어가, 검색 창에 무언가 쳐 넣기 시작했다.

'苦縣厲鄕曲仁里'

고현 여향 곡인리. 『사기』〈노자한비열전〉에서 노자의 고향으로 소개했던 곳이었다. 재화는 화면을 훑어보다가 몇몇 정보를 클릭해보니, 오늘날의 다음과 같은 지역명이 나왔다.

'허난(河南)성(省) 루이(鹿邑)현(縣)'

며칠 후, 재화는 성중의 부모님을 찾아가 그간의 일들을 설명했다. 적잖은 이야기가 오갔고, 마지막으로 성중의 아버지는 재화에게 악수를 청하며 잘 다녀오라는 안부의 인사를 잊지 않았다. 성중의 집에서 나온 재화는 그 길로 다시 서울로 발을 돌렸다. 내일이면 중국으로 출국하기 때문에, 마지막으로 민정에게 작별 인사를 할 참이었기 때문이다.

"이제 가면 언제 오나, 에헤 야, 에헤 야~!"

술기운이 오르는지 얼굴이 살짝 불그스름하게 오른 민정이 재화를 쳐다보며 노래를 불렀다. 이전의 바로 그 민속 주점이었다. 술잔을 든 채 한 모금 마시던 재화는 피식 웃으면서 민정을 바라보았다.

"금방 올게. 마지막으로 확인할 것이 있어서 그래. 오래 걸리지는 않을 거야."

재화의 위로에 민정이 투덜거렸다.

"그때 정리했어야 했는데, 에이~. 내 운명이 왜 이리 기구한 걸까? 내 나이 벌써 서른이 넘었다고요, 아저씨!"

"정말 미안해. 이번에 돌아오면 박사논문 마무리해서 발표해야

지. 그리고……"

"그리고 뭐~?"

민정이 재화의 말에 약간 긴장한 표정으로 무언가 기대하듯 물었다. 그러자 재화가 뜸을 들이며 말했다.

"그리고…… 아이 모르겠다. 아무튼 오래 안 걸려. 나 믿지?"

재화의 말에, 민정이 뜬금없이 물었다.

"혹시, 삼대 거짓말이 뭔지 알아요?"

"예전에 들어본 것 같기는 한데, 뭐였지?"

재화가 궁금해서 다시 물었다. 그러자 민정이 살짝 술에 취한 듯 귀여운 표정으로 손가락을 꼽으면서 말했다.

"첫 번째는 물건 팔면서 밑지고 판다는 거고, 두 번째는 노처녀가 자기는 죽어도 시집 안 가겠다는 거고, 마지막이 남자가 여자한테 오빠 못 믿느냐고 말하는 거!"

"아! 생각나네. 그런데, 어? 마지막은 노인이 나는 늙었으니 곧 죽어야지라고 말하는 거 아니었나?"

"그거야 내 맘이죠! 아무튼 남자들이란 도통 믿을 수가 없단 말이야."

재화는 어이없다는 표정을 지으며 말했다.

"그건 상황이 다르잖아. 남자가 여자한테 그런 말 하는 거는 보통 여행 갔을 때나 뭐…… 뭐 그럴 때 하는 거잖아?"

화들짝 놀라서 말하는 재화의 표정을 보면서, 민정은 재미있다는 듯 깔깔거린다.

"아무튼 난 이번에 박사학위 받고 강의 나가니까, 오래 기다리게 하지 마요! 오래는 못 기다린다고! 알아들었어요?"

민정의 성화에, 재화는 잔을 들고 억지로 민정에게 권했다.

"자 자, 알았어요. 한잔 해."

그리고 둘은 다시 대화 삼매경에 빠지기 시작했다.

다음 날 재화는 서둘러서 짐을 챙기고는, 부모님과 작별인사를 하고 집 문을 나섰다. 리무진 버스를 타고 인천공항으로 향하는 재화의 표정에는 만감이 교차하는 듯했다.

'과연 지금 내가 가는 곳이 박성중 선생이 간다고 했던 그곳일까?'

'가면 어떠한 일들이 나를 기다리고 있을까?'

'내가 기대하는 그 뭔가를 찾아낼 수 있을까? 그리고 왜 박성중 선생은 그곳을 갔다 와서 이상한 증상을 보였을까?'

'이 논문작업을 마치고 나면 나를 기다리는 미래는 과연 어떤 모습일까?'

'나는 과연 민정과 화목한 가정을 꾸릴 수 있을까?'

생각이 여기까지 미치니, 머리가 조금 어지럽기조차 했다.

"승객 여러분, 저희 공항 리무진 버스를 이용해 주셔서 감사합니다. 이제 곧 인천공항에 도착하겠습니다."

이런 저런 생각이 주마등처럼 스쳐 지나가는 중에 벌써 인천공항에 도착했다. 재화는 서둘러 짐을 챙겨서 버스에서 내려 공항 안으로 들어갔다.

재화는 항공사 안내데스크에서 티켓을 받아들고, 심사대를 거쳐 탑승구 쪽으로 향했다. 가는 길에 면세점 몇 곳을 기웃거리고 있으니, 곧 탑승시간에 임박했다. 재화가 걸음을 서둘러 탑승구 쪽으로 향하며, 핸드폰을 끄기 위해서 호주머니에서 꺼냈을 때 때마침 핸드폰이 울렸다. 민정이었다.

"어, 민정아! 무슨 일이야? 아까 통화했잖아?"

"…… ."

"여보세요? 민정아, 여보세요?"

"…… ."

"여보세요? 민정아, 민정……"

"너무…… 너무 오래 걸리지는 말아요. 나…… 힘들어."

민정의 목소리가 축 쳐져 있었다. 재화는 이내 민정의 말이 무슨 뜻인지 알아차렸다.

"응. 오래 걸리지 않을 거야. 약속할게."

"알았죠? 분명 약속한 거예요."

"응, 금방 돌아올게. 와서 꼭 널 데리러 갈게!"

얼떨결에 이상한 말을 해버렸다는 생각에, 재화는 얼굴이 붉게 물들기 시작했다.

"뭐야, 데리러 간다니? 이게…… 혹시 프러포즈?"

민정의 물음에 할 말을 잃은 재화는 당황스러워지기 시작했다.

"아, 그게, 저 그게 아니고, 아니 그게 아닌 것이 아니라, 저 그게……"

"푸훗, 하하하하!"

어찌되었건, 민정의 기분이 좀 나아진 듯했다.

21

허난성 루이현에 도착한 재화는 짐을 챙겨 택시에서 내렸다. 한국에 있을 때 인터넷으로 현지 여행사를 통해 비교적 저렴한 호텔방을 잡은 재화는 도착하자마자 짐을 풀지도 않고, 바로 침대 위에 지도를 펼쳐 놓았다. 지도에는 이미 붉은 색으로 이후 가야 할 동선들이 표시되어 있었다.

그날 이후로 재화는 노자와 관련된 것이라면 가리지 않고 찾아 다니며 조사를 했지만, 그저 관광지 유람만 했을 뿐 어떠한 새로운

노자의 유언

단서가 될 만한 것을 건지지는 못했다. 일주일 정도 지났을까? 재화는 그날도 열심히 발품을 팔며 이곳저곳을 찾아다녔지만, 아무런 성과를 찾지 못해 어깨가 축 쳐진 채 터벅터벅 걷고 있었다. 그러다 문득 걸음을 멈추고 생각했다.

'노자를 연구하는 사람이 노자의 고향을 찾아온다는 것은 너무나도 당연한 이치인데, 너무나도 당연한 이치는 오히려 이치가 아니라는 건가?'

태양이 중천을 넘어가면서 열기가 더 심해지자, 걷다가 지친 재화는 바로 옆 상점에서 음료를 한 병 사서 벌컥벌컥 들이마셨다. 시원한 느낌이 몸속으로 전해지자, 이내 지쳤던 몸도 조금은 기력을 되찾은 듯했다. 그러다가 문득 성중의 방에서 발견했던 포스트잇의 문구가 재화의 뇌리를 스쳐지나갔다.

'深藏若虛, 容貌若愚(심장약허, 용모약우).'

재화는 자기도 모르게 혼자 "없는 척하다, 모르는 척하다, 숨기다!"라고 중얼거리더니, 갑자기 몸을 호텔 쪽으로 돌려 걸음을 재촉했다. 그러고는 다시 한 마디 내뱉었다.

"어쩌면, 어쩌면 정말로 헛걸음을 한 것일 수도 있겠군!"

호텔에 도착한 재화는 바로 냉장고에서 맥주 한 캔을 꺼내 한 모금 마시고는, 노트북을 켜고 침대에 몸을 기댄 채 자신의 논문을 천천히 그리고 아주 꼼꼼하게 살펴보기 시작했다. 그러다가 류종원의 〈종수곽탁타전〉을 소개하는 부분에 시선이 고정되었다.

"어쩌면, 류종원인가?"

재화는 다시 한 번 〈종수곽탁타전〉을 읽어나갔다. 하지만 이 작품에는 그 어떠한 지명이나 그와 관련된 실마리가 등장하지 않았다. 실망한 재화는 무언가 찾을 수 있다는 희망이 물거품처럼 사라지자, 이내 의욕마저 상실한 것처럼 몸을 한 층 더 바닥으로 축 늘어뜨렸다. 그러고는 다시 노트북을 배 위에 올려놓고 멍한 눈빛으로 아랫방향 화살표를 천천히 툭툭 치기 시작했다. 그러기를 몇 차례 거듭하던 재화는 갑자기 노트북 화면에서 무언가를 발견한 듯 몸을 벌떡 일으켜 세웠다.

'우화, 우화, 우화? 가만있자. 우화는 허구로 만들어낸 이야기라는 뜻도 있지만, 사실대로 말하지 않고 돌려서 빗대어 표현하는 작문 형식이기도 한데, 왜 류종원은 직설적으로 말하지 않고 굳이 우화형식으로 '무위'를 말하려 했을까?'

생각이 여기까지 미치자, 재화는 다시 인터넷을 열어 중국의 한 포털사이트에 들어가 검색창에서 '柳宗元(류종원)'을 찾기 시작했다.

'산시(山西)성(省) 윈청(运城)'

바로 류종원의 고향이었다. 재화는 생각할 것도 없이 바로 호텔방 전화로 로비를 연결해서 다음 날 기차표를 예약하고는, 다시 맥주 캔을 들어 마시기 시작했다.

22

산시성 원청에 도착한 재화는 기차역에서 나오자마자, 지체 없이 바로 류종원의 행적을 추적하기 시작했다. 그리고 물어물어 재화가 도착한 곳은 사방이 산으로 에둘러 쌓인 시골의 한 작은 마을이었는데, 곳곳에 깔끔히 정돈된 계단식 논이 보이고 그 사이로 푸르게 자란 벼들이 바람을 따라 살랑살랑 흔들리고 있는 것이, 한눈에 보기에도 아주 한적하고 여유로운 곳처럼 보였다. 재화가 버스에서 내렸을 때에는 이미 해가 산 너머로 기울어 붉은 노을이 지기 시작했는데, 마치 마을 전체에 큰 불이 번진 듯했다. 저쪽에서 한 젊은 여인이 가방을 들고 정류장을 지나가다가 재화를 힐끗 쳐다보고는 스쳐지나갔다. 재화 역시 특별한 생각 없이 그녀를 힐끗 쳐다보고는 가볍게 웃으며 눈빛으로 인사를 나눴지만, 그녀는 못 본 척 걸음을 재촉했다. 자신의 행동이 좀 멋쩍었을까? 재화는 눈썹을 살짝 들어 올리더니, 이내 지나가는 노인에게 말을 걸었다. 몇 마디를 나누던 그 노인은 정류장 건너편의 한 집을 가리키고는 자리를 떠났고, 재화 역시 고맙다는 말을 하고는 바로 노인이 가리 켰던 그 집으로 발걸음을 재촉했다.

"여보세요, 계세요?"

"누구시죠?"

"아! 안녕하세요! 여기서 방을 세놓는다고 해서요."

"맞아요, 들어와요 들어와."

"네, 감사합니다."

재화는 집주인의 안내에 따라, 입구 바로 맞은편 부엌으로 들어와 식탁 의자에 앉았다. 고개를 돌려 집을 대충 둘러보니 20평 남짓해 보였는데, 집이 그리 크지는 않았지만 비교적 깔끔하게 정돈되어 있었다. 그때 문이 열리더니, 방금 세수를 했는지 목에 수건을 두른 젊은 여인이 나왔다.

"엄마, 누가 왔어요?"

"창징아, 와서 인사하려무나."

집주인의 말에 그 여인이 부엌으로 다가왔다. 재화는 그 여인을 보고 다소 놀란 듯하더니, 이내 웃으며 말했다.

"당신이로군요. 또 만났네요."

아까 정류장에서 잠시 눈을 마주쳤던 그 여인이었다. 창징 역시 살짝 미소를 지으며 가볍게 목례를 했다. 잠시 후, 집주인은 재화를 빈 방으로 안내했다.

"화장실은 옆에 있고, 맞은편은 창징의 방이에요."

"네, 알겠습니다. 감사합니다."

집주인이 나가고, 재화는 짐을 풀어 정리하기 시작했다. 1인용 침대와 조그만 옷장 그리고 책상과 의자 하나만이 있을 뿐이었는데도, 남은 공간이 거의 없어서 재화가 빈 공간에 누우면 꽉 찰 것만 같았다. 책상 위에는 스탠드 하나가 놓여 있었고, 그 왼쪽 벽에는 창문이 하나 나 있었다. 창밖으로는 갈대밭이 있는데, 간혹 바람이 불 때마다 "쏴아~ 쏴아~" 하고 잎사귀가 흔들리는 소리가 들렸다. 대충 짐을 정리한 재화는 샤워를 하고 돌아와, 책상 맞은편에 놓인 침대에 누워 창밖을 바라보았다. 휑하니 둥근 달을 응시하며 재화가 중얼거렸다.

"이제 어디서부터 시작해야 하는 거지?"

이튿날 아침, 눈을 떠 보니 시계는 일곱 시를 가리키고 있었다.

"벌써 이렇게 됐네?"

재화는 서둘러 화장실로 갔다. 세수를 하고 나오는데, 맞은편 방문이 열리면서 창징이 나왔다.

"잘 잤어요?"

"잘 잤어요?"

창징은 가볍게 인사를 하고, 어깨에 걸친 가방을 고쳐 매고는 부엌에 있는 집주인에게 말했다.

"엄마, 저 가요!"

재화는 옷을 입고 나와 부엌으로 들어가 물었다.

"이렇게 빨리 출근하나요?"

"여덟시에 수업을 시작하니까요. 저 아이는 초등학교 선생님이라오."

"아, 그래요?"

재화는 조금은 의외라는 표정을 지으며 식탁 앞에 앉았다.

"아주머니, 혹시 류종원이라는 사람의 이름을 들어보셨나요?"

그러자 집주인은 싱크대에 서서 계속 야채를 다듬으며 대답했다.

"당연히 아다마다. 여기가 바로 류종원의 고향 아니오?"

"노자에 대해서는 들어보셨겠죠?"

"중국인이 어찌 노자를 모를 수 있겠어요?"

"그러면, 이곳과 노자 사이에 모종의 관계가 있나요?"

무언가에 흠칫 놀란 듯 집주인은 고개를 돌려 재화를 잠시 쳐다보더니, 다시 고개를 돌려 야채를 다듬으며 말했다.

"잘은 모르겠지만, 나도 그런 말을 들어는 봤어요. 그 점에 대해서는, 차라리 창징에게 물어보는 게 나을 거예요."

23

재화는 아침식사를 마치고 집을 나섰는데, 뜻하지 않게 처음부터 뭔가 잘 풀리기 시작했다는 생각에 막연하나마 발걸음이 가벼워졌다. 하지만 정작 어디서부터 시작해야 할지는 몰랐기 때문에, 일단 무작정 마을 사람들을 만나보기로 마음먹고 물가의 지푸라기라도 잡는 심정으로 만나는 사람들마다 노자나 류종원에 대해서 묻기 시작했다.

그러기를 몇 시간째. 별다른 소득 없이 터벅터벅 걷고 있었는데, 어디선가 종소리가 울리기 시작했다.

"주변에 학교가 있나?"

고개를 들어 두리번거리던 재화는 산기슭 밑에 있는 학교 하나를 찾아냈다. 무언가에 이끌리듯 발걸음을 그쪽으로 옮기던 재화는 입구에서 멈춰 섰다.

"河东小学(허동초등학교)"

재화는 인터넷으로 류종원에 대해 조사할 때, '허동'에 대해 본 적이 있었다. '허동'은 한국식 독음으로는 '하동'이라고 읽는데 바로 이곳 원청의 옛 지명으로, 류종원은 이 때문에 세간에서 류하동이라고도 불렸다. 그리 크지 않은 단층건물 한 채와 운동장 그리고 운동장 양 끝에는 축구 골대가 댕그라니 서 있었는데, 재화는 운동장을 가로질러 건물로 들어가 복도를 걸었다.

'혹시 창징이 다닌다는 학교가 여긴가?'

아까 집주인의 말이 생각이 난 재화는, 교실마다 찾아다니며 까치발로 서서 창문을 기웃거리다가 마침 한 교실에서 수업중인 창징을 발견했다. 웃는 얼굴로 열심히 수업을 하는 창징의 모습은 집에서와는 다른 느낌이었다. 뭐랄까, 매우 발랄한 모습이었다고나 할까? 한참을 그렇게 멍하니 창징을 쳐다보고 있었는데, 그때 마침 한눈을 팔고 있던 한 학생이 재화를 발견하고 큰소리로 말했다.

"선생님, 누가 선생님을 찾는데요!"

화들짝 놀란 재화는 얼른 고개를 숙이고 숨었지만, 창징이 문을 열고 나왔다.

"당신이었군요. 어째서 여기 있는 거죠?"

쉬는 시간. 둘은 잠시 운동장을 걸었는데, 창문 안에서는 어린 학생들이 모여 호기심 어린 눈빛으로 이 둘을 쳐다보고 있었다.

"엄마가 저한테 물어보라고 했다고요?"

"네, 아주머니가 그렇게 말하셨습니다."

"전 당신이 무슨 말을 하고 있는 건지 전혀 모르겠네요. 들어본 적조차 없어요."

노자의 유언

창징이 교실로 들어가고, 재화는 학교를 나와 다시 발걸음을 마을 쪽으로 옮겼다. 이후 재화는 매일 다람쥐 쳇바퀴 돌듯이 만나는 사람마다 질문을 하면서 마을을 돌아다녔지만, 별다른 소득 없이 해질 녘이 돼서야 지친 몸을 이끌고 다시 집으로 돌아왔다. 그간 재화가 알아낸 것이라고는 류종원이 말년에 벼슬을 그만두고 이곳으로 돌아와 집필에 전념했다는 사실 외에는 거의 없었다.

그렇게 한 지도 벌써 보름. 창징은 우연히 길을 걷다가 먼발치에서 마을 사람들과 대화를 나누고 있는 재화의 모습을 보았다. 바로 그때 창징의 표정이 갑자기 굳어지더니, 두 눈이 이내 촉촉해졌다. 지금 재화의 모습은 마치 이전의 성중의 모습과도 너무나 흡사하지 않던가! 창징은 재화의 모습 속에 성중의 모습이 겹쳐지는 순간, 자기도 모르게 그만 눈물이 주르륵 흘러 내렸다.

하루하루가 지나고, 가끔 먼발치에서 재화의 모습을 바라보던 창징은 우두커니 서 있다가 이내 발걸음을 돌리고는 했다. 그러던 어느 날 저녁, 재화는 항상 하던 대로 지친 몸을 이끌고 집으로 돌아와, 입구 바로 맞은편의 부엌에서 일하는 아주머니에게 다녀왔다는 인사를 하고 몇 마디 거들더니 자기 방으로 들어갔다. 그러고는 바로 속옷을 챙겨 방 옆의 화장실로 들어가 샤워를 하기 시작했다. 잠시 후, 재화는 세면대 앞에 서서 김이 서려진 거울을 손으로 훔치고는 자신의 얼굴을 뚫어지게 쳐다보면서 말했다.

"내가 하고 있는 일이 과연 맞는 걸까?"

"여기가 과연 내가 생각한 그곳이 맞는 걸까?"

그때였다. 거울에 비친 재화의 모습 위로 성중의 모습이 겹쳐지기 시작하는 것이었다. 재화는 샤워를 마치고 자기 방으로 들어와 책상 앞에 앉았다. 노트북을 켜고 무언가 열심히 쳐내려가고 있는데, 노크 소리가 났다.

"재화 군, 나와서 식사해요!"

집주인 아주머니였다. 재화가 부엌으로 건너가니, 집주인 아주머니와 남편 그리고 창징이 밥을 먹고 있었다. 재화 역시 조용히 자기 자리에 앉아 식사를 하기 시작했다. 가끔 창징이 곁눈질로 힐끗힐끗 재화를 쳐다보았지만, 재화는 전혀 눈치 채지 못한 듯 묵묵히 밥을 먹기만 했다.

재화가 식사를 다 마치고 다시 방으로 돌아와 아까 하던 작업을 계속 하고 있을 때, 다시 노크소리가 났다.

"들어와요!"

하지만 아무런 인기척이 없자, 재화는 일어나 방문을 열었다. 그런데 뜻밖에도 문 앞에 서 있는 건 창징이었다. 재화는 좀 놀란 듯 쭈뼛쭈뼛하다가, 다시 말했다.

"들어와요."

노자의 유언

재화는 책상 의자에 앉았고, 창징은 침대 끝에 걸쳐 앉았다. 그리고 둘은 그렇게 한참 동안 말이 없었다. 어색한 분위기를 못이긴 듯 재화가 창가로 눈을 돌렸는데, 잠시 후 창징이 입을 열었다.

"엄마가 저한테 물어보라고 했다고요?"

뜻밖의 질문에, 재화는 고개를 돌려 창징을 쳐다보았다. 창징은 바닥을 응시하며 조용히 말하기 시작했다.

"한 오년 전일 거예요. 한 젊은 사람이 우리 집에 와서는 같은 걸 묻더군요. 그 사람도 당신과 마찬가지로 베이징대학에서 박사를 하고 있다고 했어요. 그리고 나서 반년이 안 되어, 또 베이징대학 교수 한 분도 이곳에 왔었어요."

흠칫 놀란 표정의 재화가 물었다.

"그들 이름이 어떻게 되죠?"

"박성중과 왕빈강이었어요."

재화는 너무나 놀란 나머지 잠시 할 말을 잊었다. 분명 여기가 자신이 상상했던 그곳이 맞는 순간이었다. 바로 이 자리에 성중과 왕빈강 교수가 있었던 것이었다. 재화는 잠시 마음을 가다듬고는 그간의 일에 대해서 모두 이야기해주었다. 왕빈강 교수가 이미 사망했다는 말에 창징은 몹시 놀란 듯했고, 특히 성중이 한국의 한 병원에 입원해 있다는 이야기를 들었을 때, 창징은 이내 울음을 참지 못하고 오른손으로 입을 막으면서 흐느끼기 시작했다. 재화는 창징이 진정할 때까지 기다렸다가 물었다.

"두 사람의 관계가 혹시……"

화들짝 놀란 창징이 서둘러 말했다.

"아니에요! 단지 저 혼자 좋아한 것뿐이죠. 하지만……"

"하지만?"

재화의 물음에, 창징의 얼굴이 창피한 듯 약간 빨개졌다.

"떠날 때, 저한테 곧 돌아오겠다고 했어요."

재화는 환한 미소를 지었다. 아마도 이 두 사람은 서로를 몹시 좋아하고 있는 것 같았다. 또 그렇게 생각하니, 재화 역시 한국에 두고 온 민정이 생각났다. 재화가 잠시 민정을 생각하고 있던 중, 창징이 무언가 결심했다는 표정을 짓더니 침대에서 몸을 일으켜 책상으로 다가왔다. 그러고는 책상 위에 있던 펜을 들어 노트 한 견에 몇 글자를 적더니 문을 열고 나갔다.

"행운을 빌어요!"

그렇게 말하며 자리를 뜬 창징에게, 재화는 고맙다고 말하고는 노트를 들여다보았다.

'乡长(촌장)'

다음 날 아침 시계가 여섯시를 가리키고 있었고, 그날따라 유난히 일찍 일어난 재화는 주인아주머니에게 촌장의 집이 어디 있는지 묻고는 서둘러서 집을 나섰다. 문을 열고 나오다가 재화가 나가는 뒷모습을 본 창징은 입가에 살며시 미소를 지으며, 조용히 혼자 중얼거렸다.

"힘내요!"

재화가 촌장의 집에 도착했을 때, 촌장은 아침식사를 하고 있었다.

"촌장님, 안녕하십니까!"

"이른 아침부터 왜 나를 찾는 겐가?"

"오늘부터, 저는 촌장님을 따라다니려 합니다."

"자네 뭐라는 건가?"

"전번에 제가 노자와 류종원의 관계에 대해서 여쭸을 때, 촌장님은 그런 일 없다고 하셨죠. 어제서야 전 그때 왜 촌장님께서 그렇게 말씀하셨는지 깨달았습니다. 촌장님께서 사실을 말씀해주실 때까지, 전 결코 포기하지 않을 겁니다!"

"난 정말이지 자네가 무슨 말을 하고 있는지 못 알아듣겠네. 약이라도 잘못 먹은 거 아닌가!"

그날부터 재화는 아침 일찍 촌장의 집으로 찾아갔다가, 촌장이 집으로 돌아가서야 자신도 집에 돌아왔다. 촌장이 밭에 나가건 주민을 방문하건 회의를 하건 읍내에 가건, 재화는 찰거머리마냥 항상 그의 곁에 있었다. 하지만 이상하게도 촌장은 재화의 이러한 행동에 대해 조금도 불평하거나 화를 내지 않았다. 오히려 마치 재화가 곁에 없는 듯 담담한 표정으로 일관하는 것이었다.

촌장을 따라다니기 시작한 이후로, 재화는 이 마을에 기거하는 동안에는 전혀 느끼지 못했던 특이한 점 하나를 발견했다. 이 마을 촌장과 마을 사람들 사이에는 다른 그 어떤 곳에서는 찾아볼 수 없던 끈끈하고도 정겨운 유대관계와 강한 신뢰감 같은 것이 자리 잡고 있었던 것이었다. 마치 민정과 함께 봤던 미야자키 하야오 감독 작품들 특히 〈미래소년 코난〉이나 〈천공의 성 라퓨타〉에서 느꼈던 마을의 분위기와 매우 흡사하다고나 할까? 재화는 『도덕경』의 '소국과민' 즉 '이상적인 국가는 규모가 작고 백성들이 적다.'라는 구절을 떠올렸다. 생각이 여기에까지 미치고 나니, 재화는 점점 촌장이 어떠한 비밀을 알고 있을 거라는 확신이 서게 되었다.

보름이 지나고, 재화는 그날도 어김없이 아침 일찍 일어나 촌장의 집을 찾았는데, 마침 촌장은 외양간에서 소 한 마리를 데리고 문을 나설 차비를 하고 있었다. 촌장을 따라나선 재화는 하루 종일 밭에서 소를 몰며 촌장을 도왔다. 그렇게 저녁 무렵이 되었고, 촌장이 돌아갈 차비를 하다가 갑자기 소의 눈을 쳐다보면서 말했다.

"때가 되었는가?"

소는 촌장의 말을 알아들었는지 못 알아들었는지, 가뜩이나 큰 눈을 더 크게 뜨며 "음메~" 하고 울었다.

25

다음 날, 재화가 촌장의 집을 찾았을 때 촌장은 이미 집 마당에 서 있었는데, 마치 한참 동안이나 재화를 기다리고 있는 듯한 표정이었다. 재화가 대문을 열고 들어오자, 촌장이 기다리고 있었다는 듯 입을 열었다.

"자네는 도대체 무슨 근거로 노자와 류종원이 관련이 있다는 건가?"

촌장의 표정과 목소리는 여느 때와 달리 사뭇 진지하고도 엄숙하기조차 했다. 그러자 재화는 조금도 위축되지 않고 오히려 촌장 앞으로 성큼 다가와서는, 역시 마치 이날을 기다렸다는 듯이 진지한 표정으로 설명하기 시작했다.

"노자의 무위자연은 자연으로의 복귀를 의미하는 것이 아니라, 순리에 맡겨야 함을 밝힌 겁니다. 다시 말해서 노자는 천성을 따라야 한다고 주장한 거죠. 제가 한 조사에 의하면, 류종원이 쓴 〈종수곽탁타전〉이 나타내는 바가 바로 노자의 무위자연입니다. 문제는 류종원이 당시에 왜 직접적으로 무위를 설명하지 않고, 우화형식으로 완곡하게 표현했나 하는 데 있습니다. 제가 알고 싶은 것은 바로 이겁니다!"

재화의 거침없는 논변을 듣고 있던 촌장은, 잠시 생각하다가 입을 열었다.

"나를 따라오게!"

촌장은 웬일인지 손전등 하나를 챙기고는, 아무 말 없이 묵묵히 걸음을 재촉했다. 그러다가 마을에서 조금 벗어나 산으로 올라가기 시작했는데, 재화는 뒤에서 촌장을 열심히 쫓아가기에도 바빴다.

"아니 무슨 노인이 이리 빨라?"

헉헉거리며 재화가 중얼거리고 있을 때, 촌장이 나지막한 소리로 재화에게 말했다.

"여기서부터는 나를 바짝 따라와야 하네, 그렇지 않으면 길을 잃을 수 있으니!"

촌장의 말이 무슨 뜻인지 몰라서 다시 한 번 물어보려고 고개를 들었을 때, 재화는 바로 그 말의 뜻을 알아차렸다. 과연 촌장의 어깨 너머로 어마어마한 규모의 갈대밭이 펼쳐져 있는 것이 아닌가! 키가 최소한 2미터는 되어 보이는데, 어찌나 촘촘하게 심어져 있는지 얼핏 보면 마치 새하얀 눈밭과도 같은 절경이었다. 정말이지 촌장의 말처럼, 뒤를 바짝 쫓지 않으면 길을 잃을 것만 같았다. 촌장은 갈대밭의 지리를 훤히 꿰뚫는 듯 때로는 좌측으로 또 때로는 우측으로 헤치고 나아가더니, 갈대밭이 끝나는 어느 한 지점으로 나와서는 다시 나무가 무성한 숲으로 들어갔다.

그렇게 한 시간 남짓 걸었을까? 촌장이 갑자기 걸음을 멈췄다. 재화는 뒤에서 촌장 곁으로 다가오더니, 허리를 앞으로 숙이고 두 손을 무릎에 대고는 연신 헉헉거리며 거친 숨을 내쉬었다.

"여길세."

촌장이 말하자, 재화는 땀투성이의 고개를 들어 앞을 바라보았다. 앞에는 그들을 가로막은 높다란 암벽이 삼면으로 솟구쳐 있었는데, 마치 어마어마하게 큰 암벽병풍이 그들을 에워싸고 있는 듯 눈앞에 펼쳐져 있었다.

"이제부터는 자네 혼자에게 의지해야 하네. 아직 『5경』과 『사기』를 기억하겠지?"

촌장의 물음에, 재화는 그게 무슨 말인지 잠시 생각하다가 이내 성중의 쪽지를 기억하고는 얼떨결에 대답했다.

"아, 네!"

"첫 번째 숫자는 전진을 가리키고, 두 번째부터는 왼쪽과 오른쪽을 번갈아가며 가리키네. 만약 자네가 『도덕경』을 정독했다면, 왼쪽과 오른쪽 중에서 어느 것이 먼저인지 이해할 수 있을 걸세.

자기 자신을 믿고, 가보게!"

촌장은 정면의 절벽 밑을 손가락으로 가리키고는, 재화에게 아까 그 손전등을 건넸다. 재화는 고개를 숙여 촌장에게 인사하고는 앞으로 걸어 나갔다. 가운데 절벽 앞에 도착하자, 1미터 50 정도 높이의 아이 하나가 들어갈 수 있을 법한 좁은 구멍이 나타났는데, 재화는 조금도 망설임 없이 몸을 숙이고 그 구멍으로 들어갔다. 한 20미터쯤 걸어갔을까? 갑자기 커다란 동굴이 눈앞에 펼쳐졌다. 재화가 발 한 걸음을 내딛자 "참방" 하는 소리가 들려, 다시 발을 원래의 위치로 하고는 발끝을 쳐다보니 물이었다. 촌장이 건네준 손전등을 키고 앞을 비춰보니 얕은 개울이 흐르고 있었는데, 아마도 어딘가에서 흘러나와 동굴 사방으로 퍼져 흐르고 있는 듯했다. 재화는 앞으로 나가려고 했지만, 눈앞에 펼쳐져 있는 동굴이 너무나 광활해서 어디로 가야 할지 막막해졌다. 더군다나 동굴 전체에 끼어있는 뿌연 물안개 때문에 손전등의 빛이 미치는 거리에도 한계가 있어서, 이 넓디넓은 동굴을 다 비추지는 못했다. 자칫 잘못하다가는 미아가 되어 나가지도 못할 것만 같았다. 하지만, 그렇다고 언제까지 멍하니 서 있을 수만도 없었다.

노자의 유언

$$5-3-49-9$$

$$130-70-3$$

$$\underline{130-12-1}$$

$$=8$$

　재화는 성중의 쪽지에 적힌 숫자들을 되뇌고는, 앞으로 다섯 걸음 나아갔다.

　'다음은 3인데, 왼편인가 오른편인가?'

　재화는 이리저리 생각하다가, 문득 『도덕경』 제31장의 구절들을 떠올렸다.

　'君子居則貴左, 用兵則貴右。(군자는 자리함에 곧 왼쪽을 귀히 여기고, 무기를 쓰는 이는 곧 오른쪽을 귀히 여긴다.) 吉事尚左, 凶事尚右。(좋은 일은 왼쪽을 중시하고, 불행한 일은 오른쪽을 중시한다.)'

　"왼쪽이 먼저인가?"

　잠시 망설이다가, 재화는 결심을 굳힌 듯 왼쪽으로 세 걸음을 떼었다. 그리고 다시 오른쪽으로 마흔아홉 걸음, 또 왼쪽으로 아홉 걸음. 재화는 이마에서 식은땀이 흐르는 것을 느끼기 시작했다. 자칫 길이라도 잃으면 영원히 이곳에서 빠져나갈 수 없게 될 수도 있다고 생각하니, 온몸에서 소름이 돋았다.

　'나 자신을 믿자!'

재화는 촌장의 말을 떠올리고는, 다시 용기를 내어 걸음을 옮기기 시작했다. 오른쪽으로 백삼십 걸음, 왼쪽으로 칠십 걸음, 오른쪽으로 세 걸음. 그리고 다시 왼쪽으로 백삼십 걸음, 오른쪽으로 열두 걸음, 왼쪽으로 한걸음. 걸음을 멈춘 재화가 뒤를 돌아다보니 칠흑 같은 어둠만이 눈에 들어왔는데, 손전등으로 비춰도 빛이 채 미치지 못하는 듯했다. 가까운 주변을 둘러보니 벽면으로 수많은 작은 동굴들이 나 있었는데, 대충 눈에 들어오는 것들만 세어 봐도 족히 수십 개는 되는 것 같았다.

'만약 보이지 않는 동굴의 구멍들까지 다 세면, 수백 개도 넘겠는 걸?'

생각이 여기까지 미치니, 다시 온몸이 오싹해짐을 느꼈다. 그러고는 다시 고개를 돌려 앞을 자세히 바라다보니, 정면에 다시 작은 동굴이 하나 나있었다. 재화가 그 동굴로 들어가자 얼마 가지 않아서 다시 여덟 갈래의 길로 나뉘어져 있는 것이 아닌가.

'마지막에 남은 숫자가 8이니, 여긴가?'

재화는 약간 주저하더니, 이내 왼쪽에서 세어서 여덟 번째로 난 길로 들어갔다. 한참을 들어가니 앞에 탁 트인 정방형의 공간이 나타났는데, 가운데에는 가부좌자세로 앉아 있는 모양의 석상이 놓여 있었다. 손전등으로 그 석상을 비춰보니, '柳河東(류하동)'이라는 글자가 새겨져 있었다.

노자의 유언

'류종원의 석상이군. 그렇다면 내가 맞게 찾아온 것 같은데.'

재화는 손전등으로 벽을 비춰보았다. 삼면의 벽에는 빼곡하게 글자들이 쓰여 있었는데, 재화는 왼쪽 상단으로부터 아래쪽으로 한 글자 한 글자 손전등으로 비춰가며 눈으로 읽기 시작했다.

'道, 可道, 非常道。名, 可名, 非常名。……'

26

몇 시간이나 흘렀을까? 재화의 눈에는 뜨거운 눈물이 흐르고 있었다. 류종원의 『도덕경』 풀이가 너무나도 감동적이었던 것일까? 어쩌면 자신의 『도덕경』에 대한 번역이 틀리지 않았다는 감격의 눈물일 수도 있으리라. 재화는 이제 자신의 『도덕경』에 대한 풀이가 맞았다는 확신을 갖고 당당하게 세상에 나갈 수 있게 된 것이었다. 재화는 류종원의 석상에 공손히 인사를 하고, 몸을 돌렸다.

1–12–130

3–70–130

9–49–3–5

재화는 다시 아까 건너올 때와는 반대의 방법으로 처음 출발했던 곳으로 돌아갔다. 동굴을 나오니, 촌장은 이미 그 자리에 없었다. 해는 벌써 서쪽으로 기울어져 마을을 붉게 물들이고 있었고, 재화는 촌장의 집을 다시 찾아갔다. 촌장의 집에 들어가니, 촌장이 마당에 나와 서 있었다.

"촌장님, 저 돌아왔습니다."

촌장은 고개를 가볍게 끄덕였고, 재화가 다시 물었다.

"전 아직도 이해하기가 어려운 게 있습니다. 류종원은 어째서……"

촌장은 손을 들어 재화의 질문을 끊고 말했다.

"내 성은 류씨일세, 류츠잰이 내 이름이지."

"아!"

재화가 놀라하자, 촌장이 물었다.

"이 전부를 자네에게 말해준 게 누군가?"

"그게……"

재화가 난처해하며 말을 못하자, 촌장이 살며시 웃으며 말했다.

"나와 그 사람의 이름을 잘 생각해 보게나. 운명 역시 순리에 따르는 것일 테니까."

"하지만 전 아직도 이해할 수가 없습니다. 류종원이 굳이 우화로 쓴……"

재화가 다시 물으려 하자, 촌장이 손을 들어 재화의 질문을 막고 말했다.

"나라에 도가 있으면, 그 말은 족히 흥하고, 나라에 도가 없으면, 그 침묵은 족히 용납된다."

촌장이 들려준 이야기는, 재화에게 실로 엄청난 충격으로 다가왔다. 진시황제가 전국을 통일한 후 전국의 유생들이 진나라의 중앙집권적 군현제를 반대하고 봉건제 부활을 주장하자, 승상이었던 이사는 자신이 주장하는 법가사상을 보호하기 위해서 유가사상과 관련된 모든 서적을 불태우게 했고, 그 이듬해에는 노생과 후생이라는 인물이 진시황제의 부덕함을 비난하며 도망을 치자 진시황제가 함양에 있는 유생들 460여 명을 구덩이에 생매장시켰는데, 바로 이것이 역사적으로 유명한 '분서갱유(焚書坑儒)' 사건이다. 여기까지는 재화 역시 잘 알고 있는 내용이었다. 문제는 촌장의 말대로라면, 분서갱유 때 태워진 서적이 유가사상뿐 아니라, 바로 노자의 『도덕경』과 관련된 서적들 역시 포함되었다는 것이다. 오늘날까지 알려진 바와는 달리 당시에는 유가사상과 도가사상이 서로를 배척하기보다는 상호 보완적으로 연계하여 교류하고 있었는데, 특히 노자의 무위사상은 진시황제와 이사의 중앙집권적 세습계획에 커다란 장애가 되었다는 것이다. 다시 말해서, 당시에는 지배계층만이 문자를 이해했기 때문에 큰 문제가 없었지만, 언젠가 백성들이 문자를 이해하고『도덕경』의 참뜻을 깨닫게 되면, 현 지배구조가 붕괴되는 것은 시간문제였다. 이에 이사는『도덕경』의 참뜻을 알고 있던 모든 학자들을 찾아내 유생이라는 명분으로 생매장시키고, 행여나 후에라도 노자의 참뜻이 전해질까 두려워 어용학자들을 대거 발탁하여 그들로 하여금 지금까지 전해지는 음양 철학서로서의『도덕경』주석서를 만들게 함으로써, 혼돈을 부추겨 이후에도 노자의 참뜻이 알려지지 못하게 했다고 했다. 그러다가 당나라의 류종원에 이르러 노자『도덕경』의 참뜻을 온전하게 이해하게되어 이를 널리 알리려 하였지만, 그 역시 수차례에 걸쳐 생명의위협을 느끼고 이를 모른척하고 지내다가, 차마 사실을 감출 수 없어 말년에 고향에 돌아와서는〈종수곽탁타전〉이라는 우화를 써서완곡하게나마 노자사상의 정수를 세상에 알리고자 했다는 것이었다. 아울러 재화가 낮에 보았던 동굴의 벽서는 류종원이 극소수의집안 내부 사람들을 시켜 비밀리에 완성하게 하고, 지금까지 집안의 극비사항으로 전해져 내려오게 했다고 하였다.

27

재화는 촌장의 집을 나와 자신의 집으로 향하면서, 아까 촌장이 한 말을 떠올렸다.

촌장의 마지막 말은 『예기』〈중용〉편에 나오는 말로, 이미 자신의 『도덕경』 작업 때 인용한 바 있는 구절이었다. 재화는 걸으면서, 기억을 더듬었다. '國有道, 其言足以興, 國無道, 其黙足以容。(국유도, 기언족이흥, 국무도, 기묵족이용: 나라에 도가 있으면, 그 말은 족히 흥하고, 나라에 도가 없으면, 그 침묵은 족히 용납된다.)' 이 말은 나라에 도가 있으면 삼가 충언을 아끼지 않음으로써 임금을 보좌하고, 나라에 도가 없으면 그러한 충언을 하지 않아도 된다는 말이니, 다시 말해서 나라에 도가 있으면 충언을 아끼지 않음으로써 지도자가 바른 길을 가도록 보좌하고, 나라에 도가 없으면 충언을 하는 자는 생명의 위협을 받게 되기 때문에 뒤로 물러나 침묵하며 유유히 떠돌아다니는 것이 도리라는 뜻인 것이다.

'결국 류종원은 자신의 신변을 보호하기 위해서 우화로 썼다는 이야기인가?'

재화는 그동안의 수수께끼가 하나씩 풀리는 듯했다. 이어서 다시 촌장이 마지막으로 한 말을 떠올렸다.

'나와 그 사람의 이름을 잘 생각해 보게나. 운명 역시 순리에 따

르는 것일 테니까.'

재화는 집에 도착하자마자, 부엌에 있는 집주인에게 인사도 없이 부리나케 자기 방으로 뛰어 들어갔다. 집주인 아주머니는 잠깐 고개를 돌려 쳐다보고는, 평소와는 다른 재화의 행동이 이상하다는 듯 고개를 갸웃거렸다.

재화는 책상 위에 올려져 있는 노트를 펼쳐 펜으로 촌장과 창징 한자 이름을 쓰기 시작했다.

'柳慈儉(유자검), 常靜(상정)'

그러고는 촌장의 성씨를 펜으로 지우고, 다시 글자를 자세히 쳐다보았다.

'慈儉(자검), 常靜(상정)'

재화는 노트북 컴퓨터를 키고 USB를 꽂은 후 자신이 번역한 "도덕경" 파일을 열었다. 그리고 노자의 통치이념 체계와 노트에 쓴 글자를 번갈아가며 쳐다보았다.

'커다란 도(大道: 대도) = 대동(大同)

특징: 순박함(樸: 박), 변치 않음(常: 상), 함부로 말하지 않음(靜: 정), 정성스러움(誠: 성)'

자애로움(慈: 자), 검소함(儉: 검), 감히 앞에 서지 않는 겸손함(不敢爲天下先: 불감위천하선)'

"운명 역시 순리에 따른다는 게 바로 이 뜻인가?"

재화가 창밖을 쳐다보며 중얼거리자, 잠시 후 노크소리가 나며 집주인 아주머니가 식사를 하라고 불렀다. 재화는 그날 저녁 식사를 하며, 내일 이곳을 떠나 베이징으로 돌아가겠다는 말을 했다. 집주인 아주머니와 남편은 조금 의외라는 듯 아쉬워했지만, 창징만은 이미 알고 있었다는 듯 담담한 표정으로 고개를 끄덕였다.

잠시 후, 창징의 아빠가 먼저 식사를 마치고 일어났다. 그러고는 집 문을 열고 밖으로 나가 핸드폰으로 누구에겐가 전화를 걸었다.

"네, 내일 떠난다고 했습니다."

통화를 마친 창징의 아빠는 고개를 들어 하늘을 한 번 쳐다보더니, 옛일을 회상하기 시작했다.

한 십 년 정도 되었나? 당시 창징의 아빠는 주변 사람들에게 빚을 내어 시내에 비교적 큰 식당 하나를 차렸었다. 하지만 자신의 생각과는 달리 장사는 안 풀렸고, 결국 빚만 산더미처럼 불어나게 되었다. 그러던 어느 날이었다. 한 양복 차림의 사내가 창징 아빠에게 다가와 제안 하나를 하면서, 자신의 말대로 하면 모든 빚을 다 갚아주겠다고 했다. 그 제안은 의외로 간단했다. 마을에 낯선 이방인이 찾아와 노자나 『도덕경』에 관련된 이야기를 하면 바로 자신에게 보고하라는 것이었다.

식사를 마친 재화는 방으로 돌아와 짐을 챙긴 후, 내일 일찍 이곳을 떠날 심산에 서둘러 잠을 청했다. 하지만 재화는 잠이 잘 오지 않는지 계속해서 몸을 뒤척이기만 했다.

28

창밖에서는 보름달이 비추고 있고, 바람에 갈대 잎들이 노래를 부르기 시작했다. 바로 그때였다. 갑자기 쉬—하고 작은 소리가 들리기 시작하더니 창문 틈으로 무색무취의 기체가 스며들어왔다. 그리고 어느 정도 시간이 흐르고는 이내 쉬—하던 소리가 멈췄다.

다음 날 아침, 여느 때와 달리 늦잠을 청하고 있는 재화가 이상했는지 집주인 아주머니가 노크를 하며 재화를 깨웠다. 방 안에서 아무런 기척이 없자, 집주인은 이상했는지 문을 열고 들어와 침대의 이불을 만졌다. 하지만 부풀어 있던 이불은 이내 푹 꺼졌고, 깜짝 놀란 집주인이 이불을 들추자 베개와 쿠션만이 덩그러니 잠자고 있을 뿐이었다. 재화와 그의 배낭은 어디로 갔는지 알 길이 없었고, 단지 책상에 남겨진 쪽지 한 장만이 그들에게 마지막 인사를 하고 있었다.

노자의 유언

창징이 일어나 씻으려고 방문을 열었는데, 맞은편 재화의 방이 열려 있는 것을 보고는 다가갔다. 그때 집주인 아주머니가 나오면서 건네준 쪽지 위에는 그녀의 이름이 있었는데, 열어보니 고맙다는 말과 함께 그 밑에는 성중과 재화의 연락처가 쓰여 있었다.

29

서둘러 잠을 청하던 재화는 흥분된 마음에 잠이 잘 오지 않는지, 연신 몸을 뒤척였다. 그러기를 한참, 재화의 뒤척임이 조금씩 약해지더니, 서서히 잠에 드는 듯했다. 바로 그때였다. 재화의 머릿속에서 그동안의 모든 과정이 갑자기 필름처럼 돌아가더니, 성중이 병원에 누워 있는 장면과 왕빈강 교수가 책상에 엎드려 숨져 있는 모습이 보였다. 이에 깜짝 놀란 재화는 벌떡 몸을 일으켰고, 식은땀에 온몸이 젖어 안절부절 못하던 재화는 이어서 류종원이 우화형식으로 〈종수곽탁타전〉을 쓴 사실과 낮에 촌장이 들려준 진시황제 이야기들을 떠올렸다.

"설마!"

갑자기 온몸에 소름이 돋기 시작함을 느낀 재화는, 침대에서 일어나 서둘러 옷을 갈아입고 배낭을 챙겼다. 그러고는 조용히 방문을 열고 나가려다 문득 뭔가가 생각났는지 배낭에서 메모지와 펜을 꺼내 뭔가를 적더니 책상 위에 남기고, 이어서 베개와 쿠션을 침대 가운데로 올려놓더니 이불로 그것들을 덮고는 방을 떠났다.

재화는 살며시 집 문을 닫고 무작정 걷기 시작했는데, 마치 무언가가 쫓아오고 있는 듯 연신 사방을 두리번거렸다. 그렇게 몇 시간이나 걸었을까? 재화의 몸은 이미 온통 땀으로 뒤범벅이 되어 있었다. 잠시 후, 새벽 동이 트면서 조금씩 주변이 환해졌는데, 마침 뒤쪽 먼발치에서 검은색의 자동차 한 대가 다가오고 있었다. 재화는 뒤에서 들리는 자동차 소리에 얼른 길옆의 나무 뒤로 몸을 숨겼고, 자동차가 멀리 지나가는 모습을 확인한 후에야 다시 길로 나왔다.

재화는 그 길로 베이징에 돌아가 박사논문 마무리를 하고, 그 다음해 초 학위를 받았다. 재화의 논문 제목은 『노자의 정치적 관점 고찰』이었는데, 뜻밖에도 내용은 그동안 깨달은 『도덕경』 참뜻을 전반적으로 다룬 것이 아니라, 크게 논쟁거리가 되거나 세간의 주목을 받지 않을 극히 일부의 내용만을 다뤘을 뿐이었다. 어쩌면 재화는 원청에서의 마지막 날 생각했던 박성중과 왕빈강 나아가 류종원의 이야기를 통해서 생명의 위협을 느꼈거나, 혹은 『도덕경』의 완성도를 높이기 위해서 마무리할 시간이 좀 더 필요했을 수도 있으리라.

노자의 유언

재화는 한국으로 돌아와 서울의 한 대학에서 강사로 임용되어 강의를 시작했다. 물론 강의가 없는 시간들을 이용하여 『도덕경』 마무리를 병행하는 것은 말할 것도 없이.

30

어느 한 주말. 그해따라 유난히 봄이 늦게 찾아와서, 4월이 되어서야 비로소 화창한 날씨를 만끽할 수 있었다. 재화는 봄날의 햇살을 받으며 민정과 함께 잠실의 한강공원에서 산책을 하고 있었다.

"강의하기는 어때요?"

"뭐, 그냥 그렇지."

민정의 물음에, 재화는 별다른 생각 없이 대답했다.

"노자의 『도덕경』 마무리는 다 돼가요?"

"뭐, 그냥 그렇지."

재화의 퉁명스러운 대답이 민정의 귀에는 은근히 거슬렸다. 민정은 살짝 기분이 나빠지기 시작해서 두 주먹을 꾹 쥐었지만, 재화의 무뚝뚝한 표정을 힐끗 쳐다보더니 계속 대화를 이끌어갔다.

"재화 씨가 그동안 얼마나 많은 공을 들였는데, 정작 논문에서는 왜 그것들을 다 밝히지 않았는지 난 아직도 이해가 안 돼요. 도대체 이유가 뭐예요?"

"뭐, 그냥 그렇지."

"난 재화 씨 논문이 나오면 학계의 비상한 주목이라도 받을 줄 알았는데, 치~ 뭐예요, 이게?"

"뭐, 그런 거지."

계속 별 관심 없다는 듯이 퉁명스럽게 받아치기만 하는 재화의 모습에, 민정은 서서히 부아가 치밀기 시작했다. 둘이 한강변에 정박해 있는 수상카페에 이르렀을 때, 민정이 더 이상 화를 참지 못하고 드디어 재화를 쏘아붙이기 시작했다.

"재화 씨! 도대체, 왜 그래요? 나한테 무슨 감정……"

"민정아, 나 말이야…….."

재화는 문득 걸음을 멈추고 민정을 쳐다보면서 입을 열었다.

"저, 나와 결혼해줄래? 그동안 나 때문에 맘고생 많았지? 내가 지금은 보잘것없지만, 앞으로의 나를 믿고 따라와 줘."

마치 연기도 한 번 안 해 본 일반인이 연극대사를 읽는 것처럼 참으로 무뚝뚝하고도 멋없게 말한 재화는, 품 안에서 조그만 상자를 꺼내 열더니 민정에게 건넸다. 반지였다. 언뜻 봐도 그리 비싸지는 않아 보이는 평범한 반지. 민정은 잠시 멍한 표정으로 반지를 쳐다보더니, 이내 두 눈이 촉촉해지면서 다시 고개를 들어 재화를 처다보며 살며시 입을 열었다.

"재화 씨. 이거 혹시 프러포즈……?"

바로 그때였다. 민정의 어깨 뒤로 보이는 수상카페에서 돌연 음악이 울려 퍼지기 시작했다.

"손대면 톡~하고 터질 것만 같은 그대. 봉선화라 부르리~!"

가수 현철의 "봉선화 연정"이었다. 잠시나마 감동하는 것 같았 던 민정은 이내 어깨를 부르르 떨며 화난 목소리로 소리쳤다.

"정말이지, 당신이라는 남자는……!"

갑작스러운 상황에 놀란 재화는 쩔쩔매면서 화나 나 빠른 걸음 으로 주차장으로 향하는 민정을 쫓아갔다.

"민정아! 그게 아니고, 아니야, 그게 아니고……!"

아까 차를 세웠던 곳까지 쫓아간 재화는 한참 동안 민정을 설 득했다. 겨우겨우 민정의 마음을 가라앉힌 재화는, 차 뒷문을 열고 안에서 꽃다발을 꺼내 민정에게 건넸다. 사실 민정은 아까 차에서 이미 그 꽃다발을 보았지만 모른척하고 받아들자, 재화는 이어서 운전대 옆의 버튼을 눌러 차 트렁크를 열면서 말했다.

"그리고 또…… 어? 어라? 이게 왜 이러지?"

재화는 차 뒤의 트렁크가 열리지 않자 당혹스러운 듯 말했다.

"아 이게 왜 이러지? 에이, 이 똥차! 내 이 차를 당장……!"

재화가 키를 뽑아들고는 차 뒤로 와서 직접 트렁크를 열려고 하였으나, 아무리 해도 트렁크는 열리지 않았다. 재화가 민정을 쳐다보면서 안타까운 듯 말했다.

"내가 나름대로 준비를 잘 했는데, 이게 안 열리네. 사실 이 안에는 어제 밤 내내 분 풍선들이……"

민정은 웃어야 할지 울어야 할지 몰라서, 팔짱을 끼고 우두커니 서서 애매한 표정으로 그런 재화를 그저 바라보고만 있었다.

31

20평 남짓 되어 보이는 한 아파트. 재화는 조그만 자기 서재의 컴퓨터 앞에 앉아 열심히 워드작업을 하고 있었다. 빠르게 움직이던 손놀림이 갑자기 멈춰지더니, 재화는 한참 동안 모니터를 바라보았다.

그리고 다시 몇 글자를 치기 시작했다.

'『도덕경의 재구성』'

이제 모든 작업이 끝났다. 재화는 의자에 몸을 기댄 채 회상에 잠기기 시작했다.

원청을 떠나던 그날, 재화는 창징의 집을 나와서 무작정 길을 재촉했다. 그러기를 몇 시간, 온몸이 땀으로 범벅이 된 재화 뒤로 버스 한 대가 다가왔고, 재화는 손을 들어 버스를 멈추고 올라탔다. 베이징으로 향하는 기차를 탄 재화는 그때서야 안도의 한숨을 몰아쉬고는 창밖을 바라보면서 생각에 잠겼다.

'박성중 선생님과 왕빈강 교수님이 모두 원청에 왔었고, 두 사람 다 알츠하이머와 유사한 증세에 걸렸다. 왕빈강 교수님은 한 달 뒤 돌아가셨고, 박성중 선생님 역시 병원에 입원해서 지금까지 의식불명상태지. 또 당나라 때의 류종원 역시 생명의 위협을 느끼고 동굴에 은밀하게 『도덕경』 주석을 남겼다고 했으니, 이 세 사람에게는 모두 생명의 위협이라는 공통점 하나가 생기게 된 건데. 더군다나 이들 모두가 시대에 상관없이 중국에서 생명의 위협을 받았다는 사실은, 시대나 지역을 초월한 거대조직이 중국에 있다는 걸 증명하는 거야! 결국 나 역시 이 세 사람과 같은 운명을 짊어졌다는 결론이 나오게 되는데, 거기다가 왕빈강과 같은 당시 현역의 저명한 교수조차도 쥐도 새도 모르게 당했으니, 지금 학생 신분인 나는 더욱이 말할 필요도 없겠지. 결론은 이 『도덕경』 발표를 미뤄뒀다가, 한국에 돌아가서 해야 된다는 건가?'

한참 동안 회상에 젖어있던 재화는 핸드폰을 열어 몇몇 출판사에 전화를 하고는, 이메일로 개요를 보냈다. 잠시 후, 현관문이 열려서 나가보니 민정이 퇴근하고 돌아왔는데, 그녀의 배가 볼록 튀어나온 것이 아마도 임신 4개월이나 5개월은 족히 된 듯해 보였다. 민정이 집 안으로 들어오자 재화는 그녀에게 작업을 모두 마쳤고 출판사로 개요를 보냈다고 이야기했고, 이에 민정은 환한 웃음을 지으며 재화를 꼭 안았다.

32

며칠 후 재화가 수업을 마치고 연구실로 돌아왔을 때, 핸드폰이 울리기 시작했다. 재화가 전화를 받으니 한중문화출판사였는데, 이 회사는 한국과 중국의 문화 관련 서적을 전문적으로 다루는 출판사 규모로는 한국에서 규모가 가장 컸다.

"네, 알겠습니다. 마침 내일 오후에는 강의가 없으니, 제가 직접 방문하도록 하죠. 내일 뵙겠습니다."

전화를 끊고 난 재화는 다소 흥분된 표정으로 중얼거렸다.

"한중문화출판사에서 내주기만 하면, 생각보다 계획이 쉽게 풀리겠는 걸?"

다음 날 오후, 재화는 차를 몰고 한중문화출판사를 찾아갔다.

"저, 편집부장님과 3시 약속을 했습니다만."

재화는 건물 1층 로비에 있는 안내데스크로 다가가 말했다. 안내원의 말에 재화는 잠시 서서 들고 있던 서류봉투를 만지작거리다가, 5층 사장실로 가라는 안내에 따라 엘리베이터를 탔다.

"땡!"

5층에 도착하자, 재화는 사장실을 찾아서 노크를 하고 들어갔다.

"어서 오세요. 신재화 교수님이시죠?"

재화는 민정에게 프로포즈를 한 후 얼마 되지 않아서, 인천의 한 대학교 전임교수로 임용되었다.

"네, 그렇습니다. 반갑습니다, 사장님!"

"자, 여기로 앉으시죠. 김 비서! 여기 커피 두 잔 좀 줘요!"

키가 170가량 될까? 사장은 옆 머리카락을 길게 길러서 앞의 대머리 부분으로 넘겨 빗었는데, 짙은 남색의 양복을 입었음에도 배가 불룩 튀어나온 것이 여실히 드러났다. 하지만 이처럼 후덕한 풍채임에도 불구하고, 안경테 윗부분만 뿔테로 처리된 안경을 써서인지 다소 차갑고도 날카로운 인상마저 풍겼다.

사장은 책상에서 종이 한 장을 들고는, 재화가 있는 소파 쪽으로 건너와 앉으며 말했다.

"보내주신 개요는 읽어봤습니다. 내용이 상당히 독특하더군요."

"아, 네."

과연 사장의 후덕한 체구를 증명하듯, 사장이 앉자마자 소파의 쿠션이 푸욱 들어갔다.

"사실 저도 이전에 노자의 『도덕경』을 재미있게 읽어봤습니다만, 교수님의 책은 그와는 전혀 다른 각도로 접근하셨더군요. 제가 그쪽으로는 문외한이라서 그런데, 좀 더 구체적으로 소개해주실 수 있겠습니까?"

사장의 말에, 재화는 사장 쪽으로 몸을 조금 기울이고는 입을 열었다. 그때 비서가 커피 두 잔을 가지고 오자, 재화는 비서가 커피를 놓고 가기를 기다렸다가 다시 말하기 시작했다.

"이 책의 핵심은 노자의 『도덕경』이 철학을 다룬 것이 아니라, 정치를 다뤘다는 데 있습니다. 제가 번역한 내용을 근거로 말씀드리자면, 노자의 『도덕경』은 1장부터 마지막 81장까지 모두 정치에 임하는 마음가짐과 태도를 다룬 정치이론 서적입니다. 노자는 태평성대 특히 그중에서도 궁극적으로는 대동사회로 돌아가자고 주장하였는데……."

설명을 진지한 표정으로 듣고 있던 사장은, 재화의 설명이 끝나자 서류봉투를 바라보며 말했다.

"혹시 그게……?"

"아, 네. 이게 제 책의 전문입니다."

"제가 좀 읽어봐도 될까요? 여기에 두고 가시면, 저희 편집부

전문가들과 최종 회의를 하고 결과를 말씀드리겠습니다."

사장의 말에 재화는 흔쾌히 서류봉투를 건넸다. 사실 재화는 오늘 사장과 직접 대면하게 되리라고는 꿈에도 생각지 못했다. 편집부장이 전화를 했기 때문에 의례히 편집부장과 이야기를 주고받게 될 것이라고만 추측했던 것이다. 하지만 뭐 상관이 있겠는가? 이렇게 직접 사장과 면담을 했으니, 오히려 일이 더 수월하게 풀릴 수도 있겠다는 생각에 재화는 발걸음이 가벼워졌다.

재화가 사장과 악수로 인사를 하고 문을 열고 나가자, 사장은 비서를 불러 "박 실장 연결해!"라고 한 마디 하고는 급히 수화기를 들었다.

"여보세요? 네, 한중문화출판사 사장입니다. 긴급 상황입니다."

33

"알겠습니다. 그럼, 이만!"

한중문화출판사 사장의 전화를 받은 한 사람이 수화기를 내려 놓았다. 그의 왼쪽 검지에는 반지가 끼어 있었는데, 붉은색 바탕에 흰 줄이 가 있는 캐츠아이가 박혀 있고 백금으로 그 주변 테두리를 처리한 것이었다.

그는 곁에 있는 사람에게 "바로 준비시키게!"라는 말을 하고는 잠시 생각에 잠겼다.

얼마 후, 비서로 보이는 사람이 "준비되었습니다."라는 말을 하자, 이내 곧 앞에 준비되어 있는 삼면의 대형화면을 응시하며 입을 열었다.

"한국 대표입니다. 긴급 상황이라서, 모두 바쁘실 텐데도 불구하고 회의를 소집했습니다."

이 말은 바로 세계 각 나라의 언어로 동시통역되기 시작했다. 삼면으로 되어 있는 대형화면에는 어림잡아도 최소 백 명 이상의 인물들이 각각의 박스화면에 잡혔는데, 이 말을 듣고는 다소 분위기가 술렁거리는 느낌이었다.

"오늘 한국의 한 출판사에 노자의 『도덕경』 번역을 한 교수가 서류를 들고 방문했습니다. 우리가 우려했던 일이 결국 발생한 것 같습니다."

그리고 계속해서 말을 이었다.

"동서양을 막론하고 우리의 선조들은 자본주의적 중앙집권세습체제를 유지하고 또한 상위 0.01%의 권력을 보호하기 위해서 막대한 권력과 재부를 쏟아 부었습니다. 그리고 그 노력이 헛되지 않았기에, 지금은 이렇게 전 세계의 정계 및 재계 지도자 계층의 공조하에서 유지되고 있는 것이 사실입니다. 특히 10년 전 비밀리에 개발된 '베타 프로모터(beta-promoter)' 덕분에 그간 발생했던 문제의 소지를 조용히 처리할 수 있었습니다. 모두들 아시다시피, '베타 프로모터'는 뇌세포에 유해한 영향을 줘 알츠하이머에 이르게 하는 작은 단백질 덩어리인 베타 아밀로이드(beta-amyloid)를 급속도로 성장하도록 촉진시키는 신약으로, 무색무취이고 호흡을 통해서만 인체에 흡수되거니와 공기 중에서는 1분 안에 모두 소멸되기 때문에 어떤 단서도 남기지 않습니다. 하지만 오늘 우리는 또다시 위급한 상황에 봉착하게 되었습니다. 이 점에 대해서는 중국 대표께서 해명하시기 바랍니다. 중국은 분명히 진시황제 이후로 이 문제에 대해 완벽하게 대처해왔다고 자부하지 않았나요?"

삼면의 대형화면에 있던 수많은 박스화면이 중국 국기가 표시된 박스로 집중되어 확대되었다. 그러자 잠시 옆에 있는 사람을 고성으로 다그치던 사람이 서류를 건네받고는, 그 서류를 보며 말하기 시작했다.

"우리 중국은 이 부분에 있어서는 완벽하게 준비했다고 할 수 있습니다. 유일한 실책이 사전에 류종원의 글을 처리하지 못한 건데, 하지만 당시에 그가 우화 형식으로 썼기 때문에, 우리가 파악하기가 매우 어려웠던 것입……"

그러자, 한국 대표가 중국 대표의 말을 끊고 말했다.

"알겠습니다. 제 뜻은 발생한 문제의 책임소재를 따지자는 것이 아니라, 그만큼 이 사건이 우리 0.01%의 생존여부에 치명적일 수 있다는 겁니다. 이제 우리에게 당면한 과제는 조용히 이 일을 해결하는 것입니다. 아시다시피, 이제는 조금만 시끄러워도 인터넷을 통해서 어떤 일이든 음모론이 제기될 수 있고, 또 전 세계적으로 상위 권력층에 대해 촉각이 곤두서 있는 시기이기 때문에, 특히 조용하고도 탈 없이 해결해야 할 것입니다. 우리에게 다행인 점은, 사람 특히 학자들은 뭔가 대단한 것을 발견하거나 발명했다는 생각이 들기 시작하면, 세상에 정식 발표할 때까지는 그것을 최대한 비밀에 부쳐 자신의 업적으로 만들려고 하지, 결코 무조건적으로 공유하려 들지는 않는다는 겁니다. 이런 심리는 오히려 우리가 일을 간단하고도 쉽게 처리하는 데 더 유리하게 작용할 것입니다."

한국 대표로 보이는 사람이 회의를 끝내고, 이어서 비서에게 말했다.

"조용하고도 철저하게 매듭지어야 하네!"

34

재화는 출판사를 나와 그 길로 바로 귀가했다. 자신의 뒤에 미행이 따라붙었는지는 꿈에도 생각하지 못한 채. 그리고 이틀 후,

노자의 유언

재화가 학교 연구실에 있을 때 한중문화출판사 사장에게서 다음 날 오전 11시에 회사에서 계약을 하자는 전화를 받았다. 그날 재화는 혹시나 하는 생각에 원고를 다시 한 번 살펴보고 저녁 8시가 되어서야 퇴근했는데, 재화가 불을 끄고 연구실 문을 나선 지 얼마 되지 않아 재화 연구실에서 약한 불빛이 흘러나왔고, 잠시 사람의 그림자가 보이는가 싶더니 이내 그 불빛은 다시 사라졌다. 그러고는 컴퓨터 모니터가 다시 켜지고 마우스가 저절로 움직이더니, 노자와 관련된 파일들이 삭제되기 시작했다.

다음 날 아침 재화는 아내 민정이 먼저 출근하는 모습을 지켜봤는데, 민정이 나가면서 말했다.

"사장하고 직접 계약하기로 했다고? 우리 남편 대단한데! 기분이다. 오늘 저녁에 퇴근하면 내가 한턱 쏠게!"

민정이 출근을 하고, 재화도 출판사에 갈 차비를 했다. 오전 10시, 시계를 한 번 쳐다보던 재화는 급하게 컴퓨터를 끄고 아파트 주차장으로 내려가 차에 시동을 걸고 출판사로 차를 몰았다. 그러기를 5분여.

"어? 내 핸드폰이 어디 있지?"

재화는 순간 자신의 핸드폰을 책상 위에 두고 왔음을 깨닫고 급하게 차를 다시 집으로 돌렸다. 서둘러 집 문을 열고 방으로 들어가 책상 위에 놓여 있는 핸드폰을 집어 들고는 몸을 돌려 다시 나오려는데, 문득 컴퓨터가 켜진 상태였음을 발견했다.

"내가 정신없이 나가느라, 컴퓨터도 안 끄고 나갔나?"

재화는 의심의 여지없이 자신이 실수로 컴퓨터를 끄지 않고 나 갔다고 생각하고는, 다시 책상으로 다가가 컴퓨터를 끄려고 마우 스를 잡으려고 한 바로 그때였다.

갑자기 마우스의 화살표가 제 맘대로 움직여 폴더를 열더니, 이내 노자와 관련된 파일들을 삭제시키기 시작했다.

"어, 이게 도대체 무슨 일이지?"

재화는 무척이나 당황한 모습이었다. 그러다가 잠시 화면을 응 시하면서 뭔가를 생각하더니, 깜짝 놀란 듯 자기도 모르게 한 마디 내뱉었다.

"설마, 원격조종프로그램?"

얼마 전, 재화가 학교에서 컴퓨터를 하고 있을 때, 교내 전산프 로그램이 작동하지 않자 전산과 직원에게 전화를 해서 처리해달라 고 부탁한 적이 있었다. 그때 직원이 바로 이 원격조종프로그램을 이용해서 자신의 컴퓨터로 재화의 연구실 컴퓨터 문제를 해결해 주었던 것이다.

재화는 순간 섬뜩한 기분이 들기 시작했다.

'설마, 나 혼자 상상했던 배후의 거대조직이라는 것이 진짜 존

재하는 건가?'

'뭐야? 아니 그럼, 그 조직이 단순히 중국 내의 조직이 아니라 한국까지도……?'

재화는 자신의 방에 서서 이런저런 생각을 하다가, 문득 수년 전 성중의 집을 방문했을 때 성중의 어머니에게 말했던 장면이 떠올랐다.

'박성중 선생님의 컴퓨터에서 논문작업과 관련된 파일이나 어떤 흔적도 전혀 찾을 수가 없습니다.'

재화는 순간 자신의 생명이 위협받고 있다는 생각에, 자기도 모르게 침을 꿀꺽 삼켰다.

'이제 어떻게 해야 하지? 그럼 한중문화출판사 역시 그중의 일부라는 건가?'

생각이 여기까지 미치자, 재화는 일단 무작정 집을 나섰다. 만약 자신의 상상이 정말로 사실이라면, 단순히 자신의 생명만 위협을 받고 있는 것이 아니라 자칫 가족 전체가 위험에 빠질 수도 있는 것이었다.

35

재화는 학교 연구실로 갈 수도, 그렇다고 집에 머물러 있을 수도 없었다. 만약 자신의 상상대로라면, 그 조직은 국가를 초월한 거대조직일 것이라고 생각했기 때문이었다. 또한 집에 있는 컴퓨터를 해킹했다는 것은, 이미 그들이 재화의 집 주소와 직장 심지어는 자동차 번호까지도 파악했다는 것을 의미하는 것이었다. 누군가 원격조종프로그램을 이용해서 재화의 컴퓨터를 사용하려면, 먼저 수동으로 전원을 켜고 컴퓨터 환경을 상대방의 요구에 맞춰줘야 한다. 결국 그들이 이미 재화를 미행해서 집주소를 파악하고, 몰래 들어와 직접 컴퓨터를 켠 것이었다.

재화는 배낭을 찾아 간단한 옷가지 몇 벌과 노트북 컴퓨터를 챙겨서 서둘러 집을 나섰는데, 이미 자동차 번호가 그들에게 노출되었기 때문에, 버스나 지하철 같은 대중교통을 통해서 이동해야만 했다. 하지만 특별히 갈 만한 곳이 떠오르지 않았다. 움직이는 내내 계속해서 주변을 돌아보며 혹시 자신을 미행하는 사람이 없나 둘러보았는데, 그 모습이 마치 누구에겐가 쫓기는 모습처럼 보여 곁에 있는 사람들마다 이상한 눈빛으로 재화를 쳐다보았다.

그렇게 특별한 목적지 없이 전전하고 있는데, 오전 11시가 넘어서 재화의 핸드폰이 울리기 시작했다. 핸드폰을 열어보니, 한중문화출판사 사장에게서 온 전화였다.

"여보세요?"

재화는 긴장한 목소리로 전화를 받았다.

"아, 한중문화출판사 사장입니다. 좀 늦으시나 보죠?"

재화는 이상하리만큼 태연스럽게 전화를 건 사장의 목소리가 느끼하리만큼 거북하게 느껴졌다.

"아니오, 죄송합니다만 지금 상황이 좀 안 좋습니다."

재화의 대답에, 한중문화출판사 사장이 다시 되물었다.

"왜 그러세요? 목소리가 몹시 초조하게 들립니다. 혹시 도움이 필요하신가요? 지금 계신 위치를 말씀해주세요. 제가 곧……"

재화는 사장의 말을 듣다가, 재빨리 전화를 끊었다. 한중문화출판사를 방문하고 나서부터 이상한 일이 생겼거니와, 어떻게 사장이 자기의 상황을 눈치 챘는지, 심지어 자기의 위치를 왜 묻는 건지 도무지 이해할 수 없기 때문이었다. 재화는 자신의 심증에 더욱 확신이 서게 되었다.

오후 두 시경, 재화의 핸드폰이 울리기 시작했다. 핸드폰을 열어보니 낯선 번호였다. 재화는 한참을 망설이다가, 결국 전화를 받았다.

"여보세요?"

"아, 에~또, 여~뽀~세이요?"

"네? 여보세요, 말씀하세요."

"하하, 여보세요, 신 선생님이시죠. 전 치앤티앤(前田) 입니다."

재화는 순간 "치앤티앤이 누구지?"라고 중얼거렸다.

"치앤티앤, 치앤티앤……"

그래! 바로 수년 전 일본 삿포로에서 열린 국제중국어수사학 학술대회에서 만났던 바로 그 젊은 일본학자 마에다 이치로였다 ('前田'은 일본어로 '마에다'라고 읽지만, 중국어에서는 자국 발음 그대로 '치앤티앤'이라고 발음한다). 당시 재화는 그의 논문발표를 듣고 영감을 받아서 노자를 연구하게 되었는데, 헤어질 때 계속 연락하자는 인사를 하기는 했지만 그때 이후로 소식 한 번 주고받지 않았으니, 이렇게 갑작스레 연락이 왔을 때 이름이 기억나지 않는 것도 무리는 아니었다.

"아, 마에다 선생님, 안녕하세요!"

"신 선생, 오랫동안 연락도 못했군요, 정말 죄송합니다!"

"저도 마찬가지인걸요. 이렇게 갑자기 연락을 다 주시고, 지금 어디에 계시나요?"

"전 이미 한국에 도착했습니다. 지금 서울의 호텔로 가는 중이예요."

"한국에 있다고요? 아니, 어쩐 일이세요?"

노자의 유언

"몇 달 전에 제가 이메일로 학술대회에 참가한다고 말씀드리지 않았나요?"

재화는 잠시 생각을 더듬더니, 무언가 생각난 듯 대답했다.

"아, 맞아요, 맞아! 하마터면 잊어버릴 뻔했네요. 언제 열리나요?"

"바로 내일입니다. 혹시 편하시면, 내일 거기에서 뵐 수 있을까요?"

재화는 잠시 고민하다가, 흔쾌히 대답했다.

"좋습니다. 내일 봐요!"

전화를 끊고 재화는 생각했다.

'과연 지금 이러한 상황에서 마에다 선생을 만나는 게 옳은 일일까?'

사람이 많은 곳에 갔다가, 자칫 잘못하면 자신의 신변에 위협이 생길 수도 있었다. 하지만 바꿔 생각해보면 오히려 잘 된 일일 수도 있었다. 지금 재화에게 이러한 일이 벌어진 이유는 순전히 노자의 『도덕경』때문이었다. 그들은 아마도 재화의 파일을 노리는 것일 텐데, 현재로서는 다른 누구에게 이 파일을 보관해달라고 부탁할 수 있는 사람이 없었다. 아니, 솔직히 말해서 괜히 다른 사람까지 연루시키고 싶지 않았다.

'만약, 외국인이라면?'

재화에게 있어 중국과 한국은 더 이상 안전한 곳이 아니었다.

'혹시라도 제3국인에게 파일을 넘긴다면, 차라리 더 안전할 수도 있지 않을까?'

이런저런 생각에 머리가 복잡해진 재화는, 잠시 생각한 후에 이내 결심했다.

'일단 해보자!'

재화는 근린공원의 벤치를 찾아 앉았다. 배낭에서 노트북을 꺼내서 켜고 자신의 지갑에서 카드형 USB를 꺼내 꼽은 후, 마에다 선생에게 파일을 첨부해서 이메일을 보냈다.

'若我出意外, 请对外公开此文件!(만약 제게 무슨 일이 일어나면, 이 파일을 공개해주세요!)'

36

해가 기울어 저녁이 되고, 핸드폰의 시계를 보니 어느덧 일곱 시 칠분을 가리키고 있었다. 마침 그때 핸드폰이 울리기 시작했는데, 민정이었다. 아마도 저녁식사 시간이 다 되었는데도 연락이 없으니, 걱정되어서 한 것이리라. 하지만 재화는 전화를 받을 수 없었다. 그렇다고 메시지를 보낼 수도 없는 노릇인 게, 괜히 민정에게 사실을 알렸다가 그쪽이 눈치를 채고 민정에게 접근하면 민정의 신변 역시 안전하지 못할 것이 뻔했기 때문이었다.

재화는 우두커니 서 있다가, 막막한 심정으로 다시 걷기 시작했다. 한참을 그렇게 무작정 걷고 있던 재화는 배속에서 "꼬르륵~" 소리가 나자, 문득 주변을 살펴보았다. 자기도 모르게 한강의 한 철교까지 왔던 것이다. 여기가 어디일까 하고 주변을 둘러보던 바로 그때였다. 뒤에서 조용히 따라오던 한 남자가 빠른 걸음으로 재화에게 다가오는 것이었다. 재화는 무조건 뛰기 시작했다. 뛰고 또 뛰고, 얼마나 달렸을까? 앞에서 걸어오고 있는 연인을 발견하고는, 뒤를 힐끗 보니 자신에게 다가오던 그 남자는 이미 시선에서 사라지고 없었다. 재화는 사람들이 비교적 많은 번화가에 있는 것이 더 안전하겠다는 생각을 하다가, 갑자기 뭔가 뇌리를 스쳐갔다.

'아까 그 남자, 어떻게 내 위치를 알았을까? 혹시?'

재화는 주머니에서 핸드폰을 꺼내 잠시 쳐다보더니, 이내 핸드폰을 꺼버리고 말았다. 9시가 넘어, 편의점에서 컵라면으로 허기를 달랜 재화는 여관으로 발걸음을 옮겼지만 다시 나오고 말았는데, 핸드폰조차도 추적이 가능하다면 신용카드는 말할 나위도 없기 때문이었다.

'만약 정말로 핸드폰에 신용카드조차도 추적이 가능하다면, 이건 단순한 조직이 아닌데. 설마하니, 국가가 개입된 조직이라는 말

인가? 말도 안 돼……'

여기까지 생각이 미치니, 재화는 더 이상 자신의 신변안전이 보장될 수 없다는 두려움에 빠졌다.

'이제 어디로 가야 하나? 그렇다고 이렇게 길에서 밤을 지새울 수도 없는 노릇이고……'

한참을 고민하던 재화는 문득 노숙자들이 많이 모여든다는 서울역을 떠올리고는 걸음을 그쪽으로 향했다.

37

다음 날 아침, 주변 사람들이 일어나 어수선 떠는 바람에, 얼떨결에 재화 역시 잠을 깨고 말았다. 통상적으로 국제학술대회는 10시 정도에 본격적으로 시작하는데, 시계를 보니 아직 여유가 있었다. 재화는 몸을 털고 일어나 신문지를 걷어 쓰레기통에 넣었다. 그리고 서울역 2층에 있는 패스트푸드점에 가서 햄버거세트를 골랐다.

"손님, 사천 원입니다."

재화가 아무 생각 없이 신용카드로 계산을 하려고 종업원에게 건네는 찰나.

　　　　　　　　　　　　　　　　노자의 유언

"아차, 저 죄송합니다. 현금으로 계산할게요."

재화는 부랴부랴 신용카드를 챙겨 넣고 현금을 꺼냈는데, 지갑에는 만 오천 원이 있는 게 전부였다. 계산을 하고 나니, 이제 수중에 남은 돈은 만 천 원이었다.

"아, 현금을 좀 더 인출해 놓을 걸."

이제 와서 땅을 치고 후회해도 너무 늦었다. 재화는 지갑이 두꺼워지는 것을 싫어하기 때문에, 현금을 많이 넣어두지 않는 습관이 있었다. 통상 신용카드 한 장이면 모든 것이 해결되는 나라이니, 더더욱 현금을 많이 지니고 다닐 필요가 없는 것이었다.

아침식사를 해결하고 나서, 재화는 마에다 선생과 만나기 위해 목적지로 향했다. 지하철역으로 들어가 티켓 투입구 앞에 서는 순간, 신용카드를 사용할 수 없다는 현실이 다시 한 번 재화의 발목을 잡았다.

"걸어가야 하나? 수중에 현금이 넉넉지 않은데."

하지만 서울역에서 학술대회가 열리는 목적지까지의 거리가 그리 녹록지 않았다. 거기다가 시간상의 제약도 있었다. 핸드폰도 쓸 수 없는데, 만약 학술대회가 시작되고 나서 도착하면, 많은 인파 속에서 마에다 선생을 찾기가 그리 쉽지 않을 것이다. 결국 재화는 현금으로 지하철 티켓을 사고 말았다.

학술대회가 열리는 대학교에 도착한 재화는 곧 바로 인문대학을 찾았다. 혹시나 사람들이 외박한 사실을 알아차릴까 하는 마음에 재화는 옷을 한 번 툭툭 털고는 건물로 들어가니, 생각보다 많은 사람들이 1층 로비에서 대화를 나누고 있었다. 이리저리 다니며 마에다 선생을 찾고 있던 중, 등 뒤에서 재화를 부르는 소리가 들렸다.

"신 선생, 신 선생!"

뒤를 돌아다보니, 학계에서 알고 지내던 사람이 재화를 부르고 있었다.

"오랜만입니다, 신 선생. 요새 얼굴이 좀 뜸합니다."

"아, 네. 죄송합니다. 별고 없으시죠?"

"얘기 들었습니다. 축하합니다."

"네? 무슨 말씀이신지?"

"인천에 자리를 잡으셨다면서요?"

"아, 네. 감사합니다. 인사도 못 드렸네요."

대화가 오가는 중에도 재화는 연신 고개를 두리번거리며 마에다 선생을 찾았지만, 좀처럼 찾을 수가 없었다.

"저, 제가 급한 일이 있어서 그런데, 잠시 후에 다시 인사드리겠습니다."

"아, 그러시죠."

재화는 황급히 자리를 떠나 로비를 샅샅이 훑어보았지만, 마에다 선생을 찾을 수는 없었다. 혹시나 하는 마음에 개회식장으로 들어가 하나하나 살펴보니, 다행히 단상 앞쪽에서 이야기를 나누는 마에다 선생이 보였다.

수 년 만에 보는 것이기 때문에 혹시나 몰라볼까봐 좀 걱정했는데, 마에다 선생은 삿포로에서 처음 인사했을 때와 마찬가지로 여전히 야윈 모습인 것이 하나도 변한 데가 없었다. 185가 넘는 큰 키이지만, 상의와 바지가 너풀거리는 깡마른 몸매. 큰 안경테가 얼굴의 절반을 덮어 오로지 책만 파는 전형적인 공부벌레의 인상을 풍기고 있었다. 재화는 예전부터 종종 느낀 바이지만, 일본은 높은 물가 때문에 비만인 사람이 드문 것 같다는 생각이 다시금 들었다.

"마에다 선생님, 안녕하세요!"

"아! 신 선생님, 마침 기다리고 있었습니다."

재화는 마에다 선생을 데리고 인문대학 건물 밖으로 나와서, 학교 안에 있는 커피숍으로 갔다. 재화가 물었다.

"뭐 마시겠습니까?"

"다 괜찮습니다, 아무거나 하죠."

재화가 몸을 일으켜 주문하러 가자, 마에다 선생이 따라오면서 말했다.

"제가 하겠습니다, 제가 할게요."

"아닙니다, 아니에요. 여긴 한국 아닙니까. 제가 한잔 살게요."

"하하, 고맙습니다."

재화는 몸을 돌려서, 종업원에게 돈을 건넸다.

"여기, 오천 원이요."

사실 재화에게는 여윳돈이 없었다. 그럼에도 불구하고 굳이 자기가 사겠다는 것은 자존심 때문이었다. 커피가 나오기를 기다렸다가, 재화가 마에다 선생이 있는 곳으로 다가와 앉았다.

"아, 맞다! 어제 신 선생님이 보낸 메일을 받았는데, 어떻게 된 겁니까?"

재화는 잠시 주춤거리다가, 이내 입을 열었다.

"지금은 설명하기기가 좀 어렵네요. 간단히 말해서, 언젠가 저에게 무슨 일이 생기면, 제 대신에 그 파일을 공개해 주세요. 부탁 좀 드리겠습니다!"

뜬금없는 부탁에 마에다 선생은 조금 의아해 하는 듯하더니, 이내 흔쾌히 대답했다.

"알겠습니다. 염려 놓으세요!"

그리고 재화와 마에다 선생은 화제를 바꿔서 그동안의 밀린 이야기들을 하기 시작했다. 그렇게 한참 대화를 나누고 마에다 선생과 헤어진 재화는 천천히 걸어서 학교를 빠져나왔는데, 재화는 어디선가 자꾸 이상한 소리가 들렸음을 점차 깨닫기 시작했다.

노자의 유언

'뭐지? 나한테서 나는 소리인가?'

혹시나 하는 마음에 재화는 호주머니에서 핸드폰을 꺼냈다.

"뭐야! 이게 왜 켜져 있지? 분명히 어제 꺼놨는데?"

핸드폰을 살펴보니 계속해서 메시지가 들어오고 있었는데, 자세히 살펴보니 민정이 다발로 보낸 메시지였다. 어제부터 남편이 전화를 받지 않으니, 걱정이 되어서 계속 보낸 것도 무리는 아니리라.

'아니, 이게 언제 켜진 거야? 설마하니, 앉아 있는 동안 전원 스위치가 눌렸었나?'

갑자기 재화는 마에다 선생이 걱정되기 시작했다. 하지만 지금 돌아가면 자칫 재화도 노출될 수 있었기에, 어떻게 해야 될지 망설여졌다.

"제발, 별 일 없기를 바랍니다. 마에다 선생!"

재화는 인문대학이 있는 쪽을 한 번 바라보고 중얼거리더니, 이내 큰길가의 사람들이 많은 쪽으로 정신없이 달리기 시작했다.

38

마에다 선생은 학술대회를 마치고 나서 참석한 이들과 함께 저녁식사를 했다. 오래간만에 외국에 나온 탓일까? 아니면 한국 학자들의 권유에 못이긴 탓이었을까? 평소에 잘 마시지 않던 술을 좀 과하게 먹은 듯했다. 택시를 타고 호텔로 돌아온 마에다 선생은 가볍게 샤워를 하고는 바로 침대에 들었다. 그리고 몇 시간이 지난 후, 환기구에서 갑자기 아주 작은 소리가 나기 시작했다.

"쉬―"

그리고 얼마가 지난 후, 그 작은 소리가 멈췄다.

다음 날 아침, 마에다 선생은 어제 먹은 술이 아직 덜 깼는지 머리를 좀 만지더니 일어나 화장실로 향했다. 샤워를 하고 난 마에다 선생은 캐주얼 차림으로 문을 나섰는데, 오전에 한국 학회에서 마련한 서울투어를 갔다가 저녁 비행기로 귀국할 예정이었다.

마에다 선생이 호텔을 빠져나간 후, 얼마 되지 않아 마에다 선생의 방문이 열렸다. 누군가 들어오더니, 마치 어디에 있는지 잘 안다는 듯 그의 노트북 컴퓨터를 가지고는 유유히 사라졌는데, 시간이 채 20초가 걸리지 않았다.

한편 외국의 동료학자들과 서울투어를 마치고 부근에서 점심식사를 한 후, 호텔방으로 돌아온 마에다 선생은 짐을 정리하던 중 문득 자신의 노트북 컴퓨터가 보이지 않음을 깨달았다. 침대며 옷장이며 심지어 화장실까지 뒤졌지만 좀처럼 찾을 수가 없었다. 그는 황급히 방 안의 전화기를 들어 0번 로비로 전화를 했다.

"네, 안내데스크입니다. 무엇을 도와드릴까요?"

"1201호실인데요, 저……"

"네, 선생님. 무엇을 도와드릴까요?"

"……"

"여보세요, 여보세요?"

마에다 선생은 말문이 막혔다. 순간 자신이 왜 전화를 했는지, 무슨 일로 그랬는지 생각이 나지 않는 것이었다. 그리고 전화를 끊고는, 갑자기 자신이 왜 여기에 있는지 모르겠다는 듯이 주변을 살피기 시작했다.

그러고는 얼마나 지났을까? 한참을 멍하니 주변을 살피던 마에다 선생은 이내 정신을 차렸다. 그리고 문득 저녁에 비행기를 타야 한다는 사실을 깨닫고는, 서둘러서 짐을 챙겨서 방문을 나섰다.

마에다 선생이 공항에 도착해서 부랴부랴 심사대를 통과하니, 비행기 탑승수속 안내방송이 나오기 시작했다. 서둘러서 탑승구 대기행렬에 줄을 선 그는 자신의 차례가 되자 티켓을 직원에게 건넸다.

"감사합니다. 즐거운 여행 되십시오!"

직원이 티켓 체크를 마치고 좌석 표를 건네자, 마에다 선생은 또 아무런 반응 없이 초점 없는 눈빛으로 멍하니 서 있기만 했다. 그렇게 서 있기를 몇 분. 뒤에서 웅성거리는 소리에 이내 정신을 차렸다는 듯, 마에다 선생은 머쓱한 표정을 지으며 좌석 표를 건네받고는 기내로 들어갔다. 그리고 저쪽 한구석에서 그런 마에다 선생의 모습을 지켜보던 한 남자가 핸드폰을 꺼내 누군가에게 전화를 걸었다.

"증상이 시작된 것 같습니다. 이쪽은 무리 없이 해결됐으니, 이제 일본 쪽에서 마무리만 해주면 될 것 같습니다."

마에다 선생이 일본 삿포로 시의 홀로 살고 있는 원룸형 아파트에 도착하니, 벌써 저녁 11시가 넘은 시각이었다. 그는 짐을 내려놓고는 이내 속옷가지를 챙겨서 화장실로 들어갔다. 그리고 샤워를 마치고 나와서는, 방바닥에 앉아 짐을 꺼내 정리하기 시작했다. 순간 마에다 선생은 자신의 노트북 컴퓨터가 보이지 않는다는 사실을 깨달고 짐이고 방 전체를 뒤적였지만, 아무리 해도 찾을 수가 없었다. 그러기를 한참. 마에다 선생은 갑자기 무언가 생각난 듯, 허둥지둥 책상 밑의 데스크톱 컴퓨터를 켜고는 인터넷에 접속하여 이메일을 체크하기 시작했다. 그런데 받은 편지함에 신재화 선생이 보낸 이메일이 보이지 않는 것이었다. 하지만 당혹감을 보이던 모습도 잠시. 마에다 선생은 다시 멍한 표정과 초점을 잃은 눈동자로 모니터를 응시하기 시작했다. 얼마나 지났을까? 그는 잠시 후 자신이 왜 컴퓨터 모니터를 들여다보고 있는지, 무엇을 위해서 이메일을 확인하고 있는지 영문을 모르겠다는 표정을 짓더니, 이내 여독이 풀리지 않은 몸이 무거워 잠자리로 들어가 잠을 청하기 시작했다.

다음 날 아침, 평소보다 늦게 일어난 마에다 선생은 아직 여독이 채 가시지 않은 듯 무거운 몸을 이끌고 출근길에 올랐다. 그가 연구원으로 재직 중인 삿포로대학은 집이 있는 시내에서 30여 분 떨어져 있었는데, 평소에는 대중교통을 이용하지만 그날따라 늦은 시간을 만회하려는 듯 직접 차를 몰고 출근했다. 고속도로로 진입해서 주행하고 있을 때였다. 잠시 후 마에다 선생의 표정이 멍해지더니, 눈빛이 또 풀어졌다. 마에다 선생이 이윽고 여기가 어딘가 하고 주변을 둘러보자, 차가 점차 중앙선을 침범하기 시작했고, 그 순간 갑자기 반대 방향에서 엄청나게 큰 경적소리가 들리기 시작했다.

"빵빵! 빵빵빵!"

그 소리에 다시 정신이 돌아온 마에다 선생이 앞을 주시하니, 커다란 덤프트럭이 바로 앞으로 돌진해오고 있는 것이 아닌가! 서둘러 핸들을 꺾었지만, 이미 늦어버렸다. 덤프트럭이 마에다 선생의 차와 정면으로 충돌했고, 마에다 선생은 그 충격으로 인해 즉사하고 말았다.

잠시 후 뒤에서 조용히 따라오던 흰색의 차가 비상등을 켜고 곁에 멈춰섰다. 그리고 차에서 내려 그 사건 현장을 이리저리 살피더니, 어디론가 전화를 걸기 시작했다.

"네, 생각보다 일이 쉽게 처리되었습니다. 네, 네. 걱정하지 않으셔도 됩니다. 사건 종료입니다!"

39

노숙자들 틈에서 사흘째 잠을 청한 재화는 신문지를 걷고 일어났다. 온몸이 쑤신 게, 아마도 며칠 동안 딱딱한 바닥에서 잠을 잤기 때문인 것 같았다. 재화는 뻐근한 몸을 풀기 위해서, 역 부근에 있는 조그만 식당으로 들어가 해장국 하나를 시키고는 TV를 쳐다보았다.

"해장국 나왔습니다."

아주머니의 말에 정신을 문득 차린 재화는 해장국을 먹고는 이내 계산을 하려고 지갑을 꺼냈는데, 그 안에는 달랑 천 원짜리 네 장이 들어 있었다. 벽에 붙어 있는 가격표를 보니 해장국 한 그릇에 오천 원이었다. 그날 학술대회에 갔다가 결국에는 지하철을 타고 돌아온 게 화근이었다.

"저, 아주머니. 천 원이 부족한데 나중에 드리면 안 될까요? 꼭 나중에 갚겠습니다."

식당 아주머니가 재화를 위아래로 한 번 쳐다보더니, 조금은 황당한 표정으로 말했다.

"점잖게 생긴 양반이 오천 원이 없다니, 나 원 참. 다음에 줘요, 그럼."

인심 좋은 식당 주인의 말에 재화는 고맙다는 말을 하고는, 겸연쩍은 듯 서둘러서 식당 문을 나왔다. 그때 재화가 서 있던 맞은편 자리에 앉은 40대 초반 정도 돼 보이는 손님 하나가 재화의 모습을 바라보고 있었는데, 한참을 뚫어지게 쳐다보더니 재화가 나가자 이내 고개를 숙이고 다시 해장국을 먹기 시작했다.

"종로경찰서"

아까 식당에서 재화를 뚫어지게 바라보던 사내가 건물로 들어가더니, 서장실 문 앞에 섰다. 이 남자는 잠시 무언가 생각이라도 하듯 멍하니 서 있었는데, 무뚝뚝한 표정에 눈가에는 다크서클이 선명하게 드러난 것이, 마치 세상의 슬픔을 혼자 모두 짊어진 듯 그늘이 잔뜩 드리워진 얼굴이다. 언뜻 보면 180 정도의 키에 넓은 어깨, 짙은 눈썹과 큰 눈의 수려한 외모가 눈에 띈다. 하지만 자세히 보면 뒤 머리카락이 붕 뜨고 술이 아직 덜 깼는지 불그스름한 얼굴색과 까칠한 피부, 더군다나 며칠 동안 수염을 깎지 않아서 깔끔한 엘리트 이미지와는 전혀 상관이 없는 모습이다.

"똑똑똑"

"들어오세요!"

사내가 들어가자, 서장이 반겼다.

"왔군. 이리 앉아요. 아침은 먹었고?"

"네, 방금 먹고 왔습니다."

"그래. 그동안 어떻게 지냈나?"

"혼자 좀 여행을 했습니다. 그러다가 어제 서장님 연락을 받고서, 좀 전에 기차를 타고 서울에 도착했습니다."

무표정으로 담담하게 말하는 사내 곁으로 국장이 다가와 앉고는 말하기 시작했다.

"많이 힘들겠지. 부인이 그렇게 됐는데…… 어느 누구라도 다 그랬을 거야. 나 역시 성 경감의 심정을 십분 이해하네."

국장이 손에 들고 있던 서류 뭉치를 그 사내에게 건네주며 말했다.

"아직도 매우 힘든 상황인 것은 이해하네. 하지만 벌써 3년이라는 시간이 지났고, 이제는 성 경감 역시 자기 인생을 고민해야 하지 않겠나? 더군다나 직위해제 된 지도 벌써 2개월째야. 직위해제는 6개월 안에 복귀 못하면 끝인 거 알지? 이거 한번 검토해보게."

그 사내가 파일을 열어보니, 한 남성의 사진과 프로필이 적혀 있었다.

"뭡니까? 기밀 유출? 이걸 왜 저한테……?"

이해가 안 간다는 표정으로 서장을 쳐다보는 사내에게, 서장이 입을 열었다.

"성덕일 경감. 내 후배라서가 아니라, 자네는 분명히 능력 있는 친구야. 경찰 업무에 빠져 30대 후반에서야 결혼했을 정도 아닌가. 그리고 최소한 내가 알기론 3년 전 어렵사리 임신한 부인이 뺑소니 사고로 세상을 달리하기 전까지는 그랬지. 하지만, 그날 이후로 자네는 매일 술독에 빠져 살았고, 일은 항상 뒷전이었네. 그런 자네를 우리는 최대한 이해하려고 노력했고, 지금까지도 그래온 게 사실이야. 하지만 두 달 전에 음주 폭행사건으로 직위해제 된 건, 나로서도 막을 수가 없었어. 성 경감 자네도 알다시피, 요새 인터넷이 좀 무서운가? 아무튼 이 일 맡아. 잘만 해결하면 다시 복귀시켜주고, 상황 봐서 경정으로 일 계급 승진 시켜줄 테니까 말이야! 자네 데스크는 이미 준비해놨네."

덕일은 다소 어리둥절한 표정으로 서장실에서 나오며 파일을 펼쳤다. 그리고 사진을 보니 30대 중반의 남자. 바로 재화의 얼굴이었다.

재화는 저녁때가 되자 종로의 탑골공원으로 향했다. 이제 현금은 바닥이 나서 사천 원밖에 남지 않았고 신용카드를 쓰거나 현금을 인출할 수도 없으니, 어쩔 수 없이 노숙자들을 대상으로 하는 무료급식에 의존하는 수밖에는 없었던 것이다. 그는 긴 줄을 서서 기다리다가, 무료급식으로 허기를 달래고 나왔다. 하늘을 쳐다보니 우중충한 것이 곧 비가 내릴 듯했다. 재화는 딱히 갈 곳도 없고 지금 서울역으로 가기에는 또 너무나 이른 시간이고 해서 청계천 쪽으로 몸을 향했다. 볼거리도 있고 가급적 인파들 속에서 최대한 몸을 숨기며 시간을 때우기에는 청계천이 제격이었던 것이다.

그렇게 한참 동안을 거리에서 전전하던 재화는, 시간도 늦고 해서 서서히 서울역 쪽으로 발걸음을 옮겼다. 그런데 언제부터인지, 먼발치에서 조용히 재화의 뒤를 쫓고 있는 삼십 대로 보이는 두 남자가 보이기 시작했다.

이 둘은 거리를 걸으며 계속해서 주변을 두리번거리는 재화의 모습이 눈에 확연하게 들어왔던 것이다.

"타깃이 들어온 것 같은데?"

짧은 헤어스타일에 안경을 낀 남자가 다른 남자에게 말을 건네자, 장발의 남자가 말했다.

"따라가 보자고. 근데 행색이 좀 있어 보이지는 않네."

그렇게 한참을 뒤에서 말없이 조용히 따라가던 두 남자는 재화가 인적이 드문 골목에 이르자, 갑자기 속도를 내서 빠른 걸음으로 재화의 팔을 하나씩 낚아채고 걷기 시작했다.

　　　　　　　　　　　　　　　　　　　노자의 유언

"뭐, 뭡니까?"

두 남자의 갑작스러운 행동에, 놀란 재화가 소리쳤다.

"조용히 하고 걸읍시다. 엄한 꼴 당하기 싫으면!"

재화는 왼쪽 옆구리에 뭔가 날카롭고도 묵직한 쇠붙이의 물건이 닿는 것을 느꼈다. 아마도 칼인 듯했다.

'그 놈들인가?'

'어떡하지? 날 가만 놔두지 않을 것 같은데? 어떻게 빠져나가지?'

갑자기 떠오르는 오만가지 생각에, 재화의 걷던 다리가 순간 엉켰다.

"천천히 걷기나 하쇼."

두 남자가 재화를 부축하며 걸음을 좀 늦추기 시작했다.

재화는 긴장한 나머지 잠시 눈앞이 컴컴해졌지만, 이내 이 곤경을 어떻게 빠져나가야 할지 생각하기 시작했다. 잠시 후, 재화 오른쪽에 있는 남자가 말했다.

"지갑 꺼내, 어서!"

순간, 재화는 머릿속이 다시 혼란스러워졌다.

'뭐, 뭐지? 단순 강도인가?'

"천천히, 친구에게 건네주듯이 천천히 넘겨."

왼쪽의 남자가 말했다.

재화가 왼쪽의 남자에게 지갑을 건네자, 그 남자는 마치 자기 것을 보듯이 여유 있게 이리저리 뒤적였다.

"뭐야, 달랑 현금 사천 원하고, 신용카드 두 장뿐이네?"

그러자 장발의 남자가 재수 없다는 듯한 말투로 안경 낀 남자를 쏘아붙였다.

"내 그럴 줄 알았어. 없어 보인다고 했잖아! 그냥 카드로 현금이나 빼서 가자고. 더 별 볼 일도 없네. 에이~"

"재수 없게, 정말! 비번이나 대!"

안경 낀 남자가 갑자기 화를 내며 다그쳤다.

골목 한 견에 있는 24시간 편의점에 이르자, 오른편에 서 있던 장발의 남자가 편의점으로 들어갔다. 그리고 다시 돌아와 재화에게 화를 내기 시작했다.

"우리 좋게 좋게 해결하고 바이 바이 하자고. 시간 끌면 서로 안 좋잖아!"

"무, 무슨 말인지?"

"비번이 다르잖아! 빨리 말해."

재화는 순간 뭔가 이상하다는 것을 눈치 챘다. 이 신용카드로 얼마나 많이 인출을 했는데, 비밀번호가 틀릴 리가 없었다.

'혹시, 그놈들이 막은 건가? 만약 그렇다면 그들이 곧 온다는 얘긴데!'

노자의 유언

화가 난 장발의 남자가 다그쳤다.

"야! 사람 말이 말 같지 않아? 정말 죽고 싶어?"

죽는다는 말에, 재화는 긴장하며 말했다.

"정말, 분명히 맞습니다. 늘 현금인출을 하는데, 틀릴 수가 없어요."

그때 왼편의 남자가 옆구리에 대고 있던 물건을 더 들이대며 재촉했다.

"순순히 말해. 괜히 일 크게 만들지 말고!"

재화는 순간 놀라서 더욱 당황하며 말했다.

"저, 정, 정말입니다. 다시 한 번 해봐요."

재화의 표정이 진지해서였을까? 장발의 남자가 투덜거리며 다시 들어갔다.

그리고 잠시 후, 장발의 남자가 화가 나서 나오며 다짜고짜 재화의 멱살을 잡고는 밀어붙였다.

"이런 누구를 호구로 아나! 아무리 해도 비번이 다르다고 하잖아!"

재화가 길바닥에 쓰러지자, 두 남자가 다시 재화를 일으켜 세우려고 몸을 숙였고, 바로 그때 다른 양복 입은 남성 둘이 달려들어 두 강도를 쓰러뜨렸다.

"뭐야! 이 새끼들은?"

장발과 안경 낀 남자가 벌떡 일어나 양복을 입은 남성과 실랑이를 벌이자, 재화는 그 틈을 놓치지 않고 바로 길바닥에 떨어진 자신의 지갑을 들고는 골목길로 무작정 뛰기 시작했다.

'역시 내 생각이 맞았군.'

재화는 잠시 고개를 돌려 네 남자가 티격태격하는 모습을 살피고는, 곧장 앞으로 달려가 이내 어둠속으로 사라지고 말았다.

40

밖에는 비가 주룩주룩 내렸다. 벌써 며칠이나 흘렀을까? 재화는 오늘도 어김없이 무료급식소에서 식사를 하고 나와, 웃옷으로 머리를 감싸고 비를 막으며 하염없이 길을 걷고 있었다. 다른 출판사에 문의해볼까 라는 생각도 했지만, 한중문화출판사 같은 대형 출판사조차도 거대조직과 연계되었다면 다른 출판사 사정 역시 별 차이가 없을 것만 같았다. 지금으로서는 뚜렷이 뭔가를 할 수가 없다는 생각이 재화를 더욱 답답하게 만들었다. 그러다가 간판 하나가 눈에 들어왔다.

'PC방'

재화는 뭔가 잠시 생각하더니, 지하에 있는 PC방으로 내려갔다. 들어가니 꽤 큰 공간이었는데, 사람들마다 게임이나 인터넷 삼매경에 빠져 있었다. 재화 역시 빈자리를 찾아 앉고는, 컴퓨터를 켜고 지갑에서 카드형 USB를 꺼내 본체에 꽂았다. 그 안에는 "노자"와 "일기" 두 폴더가 있었는데, 그 중 "일기"라고 쓰인 폴더를 클릭하고는 계속해서 워드를 쳐 내려가기 시작했다. 두 시간 정도 되었을 때, 재화는 저장 버튼을 누르고 나서 목 부분을 만졌다. 재화가 목에서 꺼낸 것은 다름 아닌 목걸이였는데, 거기에는 금빛의 조그만 USB가 달려 있었다. 재화는 원래 꽂혀 있던 USB의 내용들을 목걸이 USB로 옮겨 저장시키고는 다시 목에 걸었다.

재화는 잠시 망설이기 시작했다.

'이메일 확인을 하면 위치가 노출되는 것일까?'

예전에 뉴스를 통해서, 로그인한 PC방 위치까지도 추적해내는 장면이 기억났다.

'설마하니, 실시간으로 노출이 되지는 않겠지? 간단하게 메일만 체크하고 자리를 벗어나면 괜찮을 거야!'

재화는 인터넷을 접속하고 학교 사이트로 들어가 로그인을 했다.

'열지 않은 메일 143통.'

재화는 너무나 많은 이메일 양에 잠시 놀랐다. 그리고 클릭해서 들어가니, 학교에서 온 메일 이십여 통을 제외하고는 모두 민정이 보낸 것들이었다. 몇 통을 열어보니, 온통 지금 어디에 있는지, 식사는 제대로 하고 다니는지, 걱정되니 빨리 돌아오라는 내용들이었다. 재화는 잠시 가슴이 매어오는 느낌에 눈이 핑 돌았다. 하지만 이러한 감정에 얽매여 마냥 앉아 있을 수만은 없었다. 재화는 북받치는 감정을 뒤로한 채, 원래의 카드형 USB 역시 뽑아 지갑에 넣고는 계산대로 향했다.

"얼마죠?"

"34번이시죠? 2900원입니다."

재화가 PC방에서 나와 지갑을 보니 이제 달랑 천 원 한 장만 남아 있었다. 그리고 주머니에 손을 넣어보니 100원짜리 동전 하나. 시계를 보니 두 시가 조금 넘은 시각이었다. 재화는 이제 어디로 가서 또 시간을 때워야 하나 라는 생각에 가슴이 갑갑해지자, 갑자기 민정의 얼굴이 떠올랐다. 그러다가 재화는 이내 고개를 휘저으며 생각했다.

'안 돼, 너무 위험해!'

재화가 PC방을 떠난 지 오 분여가 지날 무렵. 황급히 문을 열고 들어온 두 사람이 내부를 두리번거리며 일일이 자리에 앉아 있던 손님들의 얼굴을 확인하기 시작했다. 그리고 찾고자 한 사람을 못 찾았는지, 카운터로 다가가 신분증을 제시하며 말했다.

"경찰입니다. 방금 용의자가 이곳에서 인터넷 접속을 한 정황을 포착했으니, 협조해주시기 바랍니다. 여기 CCTV 설치되어 있죠?"

종업원은 얼떨결에 카운터 안쪽으로 데리고 들어온 두 사람에게 CCTV가 녹화된 장면들을 보여주었다.

41

덕일은 파일을 보면서 컴퓨터로 조회를 하고 있었다.

"신재화. 나이 35세. 서울 거주. 교수로 재직 중. 중국 베이징대학에서 박사학위 취득. 중국에서 북한 정보원과 접촉 및 기밀 유출? 중문학과 교수가 무슨 기밀을 유출할 게 있다고? 거참……."

덕일은 이해할 수 없다는 표정으로 계속 조회를 해나갔다.

"가족관계: 부인 김민정. 나이 33세. 윤리학과 교수로 재직 중."

"뭐지? 뭐가 요주의 인물이라는 거야? 보안법 위반인가? 보안법 위반이면 국정원 담당일 텐데, 이걸 왜 나한테……? 뭔가 앞뒤가 안 맞는데, 좀 이상하군…….음, 아무튼 일단 부인부터 만나봐야겠어."

덕일은 커피를 마시며 중얼거리더니 의자에서 몸을 일으켜 옷

옷을 걸치고는 경찰서 문을 나섰는데, 누군가 뒤에서 덕일을 불렀다.

"성덕일!"

뒤를 돌아다보니, 동료였다. 둘은 가볍게 악수를 했다.

"어쩐 일이야?"

동료의 질문에, 덕일이 대답하려다 문득 서장의 말이 떠올랐다.

"그리고, 이 일은 위에서 시킨 거니 기밀일세! 입 조심하고."

덕일은 대충 둘러댔다.

"아, 그냥 좀 볼 일이 있어서. 자네는 잘 지내나?"

그러자 동료가 대답했다.

"아, 나 말이야, 지난 달 경정으로 승진했어. 그나저나 두 달 전일은 유감일세."

덕일은 동료의 말에, 잠시 그때 일어난 일을 떠올렸다. 하루는 대충 경찰서를 나와, 집 근처에서 소주잔을 기울이고 있을 때였다. 늘 그랬듯이 혼자서 소주를 세 병째 마시고 있는데, 옆 자리에 20대 세 명이 들어와 앉았다. 옷차림을 보아하니, 언뜻 보기에도 집에 돈 꽤나 있는 듯했다. 이들은 소주를 마시며 영웅담들을 늘어놓고 있었는데, 특히 그중 하나가 자기 자랑을 하기 시작했다.

"부산울산고속도로가 한국판 아우토반 아니냐. 전번에 그 부울

고속도로에서 레이싱을 했었는데, 한 80명 정도 모였더라고. 거의 대부분이 외제차였는데, 내가 250까지 밟았다니까!"

그러자 두 친구 중 하나가 말도 안 된다며 껴들었다.

"웃기고 있네! 야, 네 차로 무슨 250이냐?"

"어, 안 믿어? 진짜라니까? 아무튼 달리고 있는데 짭새가 뜬 거야!"

"그래서?"

두 친구가 궁금하다는 듯 대답을 재촉했다.

"뭐가 그래서야? 죽어라 하고 밟았지! 그러다가 2차 집결지인 기장군 월광휴게소로 빠졌다가 달아났지!"

"안 잡혔냐?"

"야, 내가 누구냐? 당연히 안 잡혔지! 근데, 휴게소로 빠지다가 하마터면 사람 칠 뻔하지 않았겠냐!"

"안 쳤어?"

"겨우 피했다. 야. 사람 피하려다가 하마터면 세워둔 차를 들이받을 뻔했다니까? 아무튼 짭새들 때문에 신세 망칠 뻔했어! 어차피 그런 똥차로는 잡지도 못할 거면서. 아무튼 세금이나 축내는 놈들 있어서 뭐하나? 킥킥"

순간 덕일은 부인의 일이 떠올랐다. 연락을 받고 병원 응급실에 도착하니, 부인은 이미 사늘한 주검으로 변해 있었다. 머리 뒤쪽에 출혈이 심했던 걸로 봐서, 차에 치인 후 머리부터 땅에 닿은 듯했다. 뒤이어 현장에 가보니 건널목에는 아직도 선명한 붉은 얼룩들이 채 가시지 않았고, 길가 모퉁이에는 검은 비닐봉지 하나가 나동그라져 있었다.

덕일은 다짜고짜 일어나 취기에 비틀거리며 세 명에게로 다가갔다.

"그래서? 잘했다는 거야? 사람 칠 뻔한 게 자랑이야? 경찰이 너희들 눈에는 세금이나 축내는 버러지로 보이냐? 말 좀 해봐!"

덕일은 불법 레이싱 자랑을 하던 젊은이 멱살을 잡고 일으켜 세우더니, 다짜고짜 소리를 질렀다.

"뭐야, 술 취했으면 고이 집으로 가서 잠이나 자! 왠 시비야? 아줌마, 이 사람 뭐야? 얘들아, 뭐해?"

덕일의 급작스런 행동에 당황한 그 젊은이가 술집 주인과 친구들에게 도움을 요청했고, 덕일은 더욱 부아가 치밀어 그 젊은이를 무작정 때리기 시작했다. 처음에는 얼떨결에 쳐다만 보던 두 명도 이내 가만히 있지 않고 의자를 들어 덕일을 때리기 시작하자, 순식간에 아수라장이 된 술집. 덕일은 두 명이 한꺼번에 덤비자, 자기도 모르게 점퍼를 열고 품에서 총을 꺼내들었다.

"야 이 새끼들아! 이 인간 버러지들아! 너희 같은 놈들은 다 없어져야 해! 알아들었냐? 이 버러지들아!"

　　　　　　　　　　　　　　　　　　　　노자의 유언

덕일이 총을 꺼내들고 윽박지르자, 나머지 테이블에 있던 손님들은 모두 긴장해서 벌떡 일어났고, 눈치를 보며 슬금슬금 문 쪽으로 움직였다. 이때 주방에 있던 아주머니가 핸드폰을 살며시 꺼내 경찰에 신고했고, 결국 덕일은 출동한 경찰차에 연행되었다. 그리고 그 다음 날, 신문 1면에는 덕일의 기사가 대서특필되었다.

"취중 경찰, 시민에 총 뽑다!"

덕일은 동료와 몇 마디 나누더니, 이내 악수를 하고는 문을 나섰다. 문을 나서며 문 옆 벽에 걸려 있는 게시판을 무심코 힐끗 쳐다보다가, 뭔가를 발견한 듯 다시 발걸음을 돌려서 게시판 쪽으로 다가갔다.

"신재화? 실종자 명단? 요주의 인물이 실종돼?"

밤이 되자, 재화는 서울역으로 돌아와 다시 노숙자들 틈에 섞여 잠을 청했다. 하지만 아무리 해도 한 번 떠오르기 시작한 민정의 얼굴이 쉬이 사라지지 않았다.

42

다음 날 오후, 민정이 근무하는 서울의 한 대학 캠퍼스.

재화는 자기도 모르게 민정의 대학에까지 와 있었다. 아니, 자기도 모르게 왔다기보다는 민정이 너무나도 보고 싶어 미칠 지경이었다.

"잠깐, 아주 잠깐만 보고 가자. 민정이가 모르게 하면 되지!"

지나가던 학생들이 재화를 힐끗힐끗 쳐다봤다. 하긴, 재화의 행색은 이제 누가 봐도 눈에 띄었으니, 학생들이 그렇게 쳐다보는 것도 무리는 아니었다. 재화는 문과대학으로 들어가 윤리학과 사무실을 찾았다.

"김민정… 김민정… 윤리학개론 4시 314호실"

재화는 학과 사무실 게시판에 걸려있는 수업시간표를 확인하고는 314호실로 곧장 향했다.

"314호 강의실"

재화가 문의 작은 창문을 통해서 앞쪽을 바라보니, 민정이 강의를 하고 있었다. 하지만 민정의 표정은 뭔가 시름에 잠겨 있는 듯, 수업 내내 무거운 표정을 지으며 침울하기만 했다.

'민정아……'

재화는 속으로 민정의 이름을 외쳤다. 그러고는 자기도 모르게 손을 들어 창문에 비친 민정의 얼굴을 쓰다듬기 시작했다.

'미안해, 민정아. 미안해⋯⋯.'

재화는 눈시울이 붉어지자, 고개를 돌려 애써 눈물을 멈추려했다. 그때, 복도 한쪽 끝에서 남자 하나가 다가오는 것이 느껴졌다. 순간 자신의 위치가 노출되었다는 생각이 든 재화는, 갑자기 반대편 복도로 뛰어가 계단을 정신없이 내려가기 시작했다. 복도에 울려 퍼지는 발걸음 소리로 보아 그 남자 역시 계속해서 재화를 따라오고 있는 듯했다. 재화가 일층에 도착해 건물 문 밖으로 뛰어나왔을 때, 덕일이 마침 문과대학 건물로 향하다가 자기 옆으로 뛰어가는 재화를 보았다.

'어? 신재화 아냐?'

잠시 후, 또 다른 남자 역시 재화를 뒤쫓으며 덕일의 어깨를 스치면서 지나갔다. 상황이 이렇게 되자, 덕일은 생각할 겨를도 없이 얼떨결에 그 둘을 쫓기 시작했다. 학교 캠퍼스는 상당히 넓었다. 얼마나 쫓기고 쫓았을까? 덕일은 서서히 숨이 턱까지 차오르는 것을 느꼈다.

"신재화, 헉헉. 거기 서! 경찰이다! 신재화! 거기 서! 헉헉"

덕일이 뒤를 쫓으며 앞의 두 사람에게 소리를 지르자, 갑자기 재화를 쫓던 남자가 방향을 바꿔 다른 곳으로 뛰기 시작했다. 그러자 덕일은 예상치 못한 갑작스러운 상황에 잠시 주춤하더니, 누구를 뒤쫓아야 하나 생각하다가 이내 재화를 다시 쫓기 시작했다. 재화는 학교 호수 옆의 한 건물로 뛰어 들어갔고, 덕일 역시 재화 뒤를 쫓아 들어갔다.

　재화와 덕일이 들어간 건물은 대학 내의 호수가 바로 옆에 있는 오래된 건물이었다. 건물 내의 불은 다 꺼져 있었고 여기저기 출입금지라고 쓰여 있는 테이프가 쳐져 있는 것으로 보아, 곧 철거하거나 리모델링을 할 예정인 건물 같았다. 덕일이 뒤를 쫓다가 소리를 들으니 재화는 계단을 뛰어올라가고 있는 듯했다. 덕일은 재화의 뒤를 쫓아 계단을 올라가 마지막 층에 도착하자, 소리를 지르기 시작했다.

　"거기에 있는 거 다 아니까, 나와!"

　아무런 인기척이 느껴지지 않자, 덕일은 다시 소리를 질렀다.

　"신재화, 얘기할 것이 있으니, 나와!"

　역시 아무런 인기척도 없었다.

　"널 조사하다가 뭔가 이상한 점이 있어서, 물어볼 게 있어서 그래!"

　그래도 건물 안에는 그 어떠한 인기척도 느낄 수 없었다.

　"알았어! 그냥 듣기만 해! 너를 조사하다가 뭔가 이상해져서 묻는 거니까, 간단하게 대답만 해. 내가 조사하기론 넌 중문학과 교수인데, 왜 위에서 널 요주의 인물로 조사하라고 하는 거지? 네 혐의가 중국에서 북한 정보원과 접촉하고 한국의 기밀을 북한으로 넘겼다는 건데, 도대체 뭘 넘겼다는 거야? 또 이 일을 왜 경찰이 관할해야 하는 거지?"

잠시 후, 재화의 목소리가 들렸다.

"당신도 한 통속 아닌가?"

43

재화의 말에 덕일은 무슨 소린지 못 알아듣겠다는 표정을 지었다.

"한통속? 한통속이라니, 무슨 뜻이지?"

덕일의 질문에, 재화는 침묵했다.

"도대체 무슨 말을 하는 거야?"

잠시 후, 재화의 목소리가 들리기 시작했다.

"위에서 시킨 거니까, 결국에는 당신도 한통속이겠지!"

"위? 네가 말하는 위가 도대체 뭐야?"

"내가 아는 중국인과 한국인이 모두 희생됐어. 아니 어쩌면 일본인까지도. 즉 이건 한 나라만의 문제가 아니라는 거야. 이제 내

차례겠지?"

재화의 말에, 덕일의 머리는 더욱 혼란스러워졌다. 도무지 재화가 말하는 것이 뭘 의미하는 건지, 도무지 알 수가 없었다. 덕일이 다시 재화에게 물었다.

"좀 구체적으로 말해봐! 도대체 무슨 말이야?"

"신재화! 신재화!"

덕일이 건물을 돌아다니며 아무리 불러도 대답이 없는 걸로 봐서, 재화는 이미 떠난 듯했다. 덕일은 하는 수 없이 건물을 나와 다시 문과대학 건물로 향했다.

"김민정 교수 연구실"

"똑똑똑."

"네, 들어오세요!"

덕일이 노크를 하고 들어가자, 막 퇴근할 차비를 마치고 가방을 어깨에 맨 민정이 자신의 책상 앞에 서서 쳐다보며 물었다.

"어떻게 오셨죠?"

"경찰입니다."

덕일과 민정은 테이블을 사이에 두고 마주보며 소파에 앉아 있었다.

노자의 유언

"그래서, 퇴근해서 집에 와보니, 남편 분이 전화도 받지 않고 그날 이후로 연락조차 안 됐다는 거군요? 그래서 며칠 후 실종신고를 냈고요?"

"네."

"혹시 남편 분에게서 이상한 점을 발견하지는 못했나요?"

"전혀요. 남편을 본 마지막 날 아침에 한 출판사와 계약하러 간다고 한 게 다예요."

"출판사요? 무슨 출판사죠?"

민정이 잠시 기억을 더듬다가 대답했다.

"한중문…… 한중문화출판사라고 한 것 같네요."

덕일은 민정과 함께 연구실을 나와 건물 입구에서 인사를 하고 헤어졌다. 민정의 배가 볼록 나온 모습을 본 덕일은 갑자기 자기의 아내가 생각났다.

"저 정도 되었었는데……."

이제 덕일은 내일 해야 할 일의 목표가 명확해진 듯했다.

44

덕일은 오전 10시 즈음 한중문화출판사를 방문했다. 먼저 편집부를 찾아 재화의 책과 관련하여 문의했더니, 그 일은 사장이 직접 관여한다고 했다. 덕일은 비서의 안내에 따라, 사장실로 들어갔다.

"앉으시죠. 그래, 경찰이 무슨 볼일로 저를 찾아오신 거죠?"

사장과 덕일은 마주보고 소파에 앉았다.

"지금 저는 신재화 교수와 관련된 사건을 수사 중에 있습니다."

"그런데요?"

"신재화 교수가 행방불명되던 날, 사장님과 계약을 하기로 되어 있는 것으로 알고 있습니다."

"아, 신재화 교수님! 가만있자, 맞아요! 그날 계약을 하기로 했었죠. 그런데, 결국 신재화 교수님은 회사를 방문하지 않았습니다."

"무슨 뜻이죠? 방문을 하지 않았다니?"

"약속한 시간이 넘었는데도 오지 않아서, 제가 전화를 했습니다. 그런데, 뭔가 다급한 목소리로 이야기를 하다가 툭 끊어버리더군요. 그게 전부입니다."

"다급한 목소리요?"

"네. 무슨 일인지는 잘 모르겠지만, 상황이 안 좋다고 했습니다.

그냥 미안하다고 한 마디 하더니, 전화를 끊더군요."

"그러고는요?"

"그게 전부입니다."

덕일은 잠시 생각하더니, 다시 사장에게 물었다.

"혹시 신재화 교수가 출판하고자 한 책이 어떤 것인지 알고 계시나요?"

"아, 네. 노자의 『도덕경』을 번역한 것이었습니다."

"구체적으로 어떤 내용이었는지 기억하십니까?"

덕일이 꼬치꼬치 캐묻자, 사장은 다소 불편한 기색이 역력해졌다.

"뭐, 노자의 뜻을 평범하게 해석한 원고였습니다. 다만 주석 다는 작업을 상당히 꼼꼼하게 했더군요."

"제 생각에는, 그 정도라면 편집부에서 자체적으로 해결할 수도 있었을 텐데, 왜 굳이 사장님께서 직접 만나보셨는지요? 뭔가 특별한 것이 있어서 그런 건 아닐까요?"

덕일의 질문에 사장은 잠시 당혹스러운 표정을 짓더니, 잠시 후 입을 열었다.

"뭐, 특별하다기보다는 신진학자에 대한 투자 정도라고 할 수 있을까요?"

잠시 후, 덕일은 한중문화출판사를 나오면서 사장의 표정과 말을 다시 한 번 생각했다. 그리고 뭔가 미심쩍었는지, 핸드폰을 꺼내 민정에게 전화를 했다.

덕일은 민정의 연구실에 앉아 대화를 나눴다.

"이미 전화로 간단하게 말씀드렸듯이, 오전에 한중문화출판사 사장을 만나고 왔습니다. 그런데 사장의 말이 김민정 교수님의 얘기와는 다르더군요."

"뭔데요?"

"사장 말로는 신재화 교수의 원고에는 별반 새로운 게 없다는 군요. 다만 신진학자의 미래를 보고 투자하는 거라고 했습니다."

덕일의 말에 민정은 뭔가 미심쩍은 생각이 들었다.

"이상하네요. 저도 남편의 전공이 아니라서 뭐라고 명확하게 말씀드릴 수는 없지만, 남편은 늘 노자의 『도덕경』이 철학서가 아니라 정치 서적이라고 했어요. 만약 이 책이 출판되면 사회에 엄청난 반향을 일으킬 거라고 노래했죠. 말도 안돼요. 평범한 내용이라니!"

덕일 역시 대학을 다닐 때 『도덕경』을 읽어본 적이 있었다. 특별한 목적이 있었던 것이 아니라, 막연히 유명한 책이고 철학서였기 때문에 열심히 읽은 것인데, 사실 지금까지도 그 내용이 무엇을 말하는 것인지는 머릿속에 남아 있는 것이 없었다. 단순히 남들과

노자의 유언

마찬가지로, 워낙 철학적이라 일반인들이 쉬이 이해할 수 없었던 것이라고 치부했을 뿐. 덕일이 혼자 중얼거렸다.

"철학서가 아니라 정치 서적이라."

잠시 후, 민정이 초조한 표정으로 말했다.

"어디서 뭘 하고 있는 지라도 알면 좋을 텐데. 식사는 제대로 하는지 모르겠어요. 아, 맞다! 남편이 신용카드로 결제하면 제 핸드폰으로도 바로 확인이 가능한데, 그날 이후로 단 한 번도 결제 확인 메시지를 받아본 적이 없어요. 통장에 있는 금액도 그대로고요. 남편은 지갑에 오만 원 이상 넣고 다닌 적이 없는데……."

민정의 말에 덕일이 물었다.

"카드로 결제한 적도 없고, 현금도 없다고요? 그럼 식사도 제대로 못했을 텐데……. 그런데 어떻게 그렇게 빨리 뛸 수가……."

"네? 무슨 말씀이죠? 제 남편을 본 적이 있나요?"

"아, 네. 그……."

덕일은 순간 말을 잘못했다고 생각했지만, 기왕 말이 나왔기에 민정에게 어제 재화와 처음 마주쳤을 때의 일을 모두 이야기했다.

"재화 씨. 흑흑……."

민정은 결국 울음을 참지 못하고, 손으로 입을 막은 채 흐느끼기 시작했다.

45

덕일은 학교를 나와 지하철역까지 걸으며 생각했다. 재화가 신용카드를 쓸 수 없고 현금조차도 뽑아 쓸 수 없는 상황이라면 분명히 어떤 위협을 느껴서 자신의 위치가 드러날까봐 걱정했기 때문일 터이다.

"위에서 시킨 거니까, 결국에는 당신도 한통속이겠지!"

"내가 아는 중국인과 한국인이 모두 희생됐어. 즉 이건 한 나라만의 문제가 아니라는 거야. 이제 내 차례겠지?"

아까 재화가 덕일에게 한 말이 다시 귓가에 맴돌았다.

"아무튼 이 일 맡아. 잘만 해결하면 다시 복귀시켜주고, 상황 봐서 경정으로 일 계급 승진시켜줄 테니까 말이야!"

"그리고, 이 일은 위에서 시킨 거니 기밀일세! 입 조심하고."

게다가 서장은 조용히 이 일만 잘 해결하면 승진을 시켜준다고 했으니, 뭔가 대단히 복잡하게 얽히고설킨 일인 것만큼은 분명했다. 결국 한중문화출판사 사장과 민정 재화 서장의 말들과 상황을 종합해보면, 이 일의 배후에는 뭔가 거대한 조직이 있는 듯했다.

'철학이 아닌 정치라……. 노자와 관련된 뭔가가 바로 이 사건의 핵심인가?'

그러다가 덕일은 걸음을 멈춰 서서 잠시 생각하더니, 주머니에서 스마트폰을 꺼내 뭔가를 검색하기 시작했다.

덕일은 핸드폰으로 서울에 있는 무료급식소를 검색했는데, 생각지 못하게 너무나 많은 검색결과가 나오자 어디서부터 시작해야 할지 몰라서 막막해졌다. 덕일은 다시 길을 걸으며 생각했다.

'입장을 바꿔 놓고 생각해보자. 내가 재화라면 어디로 갈 것인가? 누군가에게 쫓기고 있으니, 음…… 일단 사람이 많은 곳으로 가서 그 틈에 숨겠지. 잠은 노숙자들이 많은 곳을 이용할 텐데, 핸드폰을 사용할 수 없으니 상세한 검색은 못했을 것이고…… 막연히 노숙하면 떠오르는 대표적인 장소는 서울역이나 영등포역. 더군다나 지금은 돈이 부족한 상황이니 식사는 당연히 무료급식을 이용할 텐데, 너무나 많으니 일일이 다 찾는 건 불가능해. 돈이 부족해지면…….'

이런 저런 생각을 하던 덕일은, 다시 길을 걷다가 갑자기 그제 아침 서장을 만나기 전에 밥을 먹던 식당 일이 떠올랐다.

"점잖게 생긴 양반이 천 원이 없다니, 나 원 참. 다음에 줘요, 그럼."

그때 그 사람. 얼굴이 정확하게 기억나지는 않지만, 30대 정도로 보였다. 더군다나 주인에게 말하는 투가 상당히 점잖았다. 덕일은 뭔가가 떠오른 듯, 갑자기 지하철역 쪽으로 뛰기 시작했다.

46

서울역에서 내린 덕일은 바로 그 식당을 찾았다.

"어서 오세요!"

덕일이 신분증을 제시하면서 말했다.

"경찰입니다. 여기 CCTV 설치되어 있죠?"

그러고는 말이 끝나기가 무섭게 천정을 쳐다보았는데, 다행히 CCTV가 설치되어 있었다. 덕일은 CCTV와 연결된 식당 내 컴퓨터 모니터를 통해서 그제 녹화된 내용들을 돌려보기로 확인하기 시작했다.

"가만있자. 그때 뉴스를 하고 있었으니까…… 오전 7시 전후이 겠군."

돌려보기를 하던 덕일은 화면을 멈췄다.

"이 사람인데……."

화면이 선명하지는 않았다. 덕일은 지갑에서 재화의 사진을 꺼내서 화면의 인물과 대조해 보았는데, 옷차림이나 전반적인 얼굴 윤곽이 재화임을 확신할 수 있었다. 확인을 마친 덕일은 식당을 나오며 생각했다. 재화가 그렇게 이른 시간에 식당에 왔다는 것은 분명 이 근방에서 노숙을 하고 있다는 증거였다. 시계를 보니 저녁 9시를 이제 막 넘겼다.

"좀 더 기다려야 하나?"

덕일은 딱히 할 일도 없었기에, 서울역 주변을 어슬렁거리기 시작했다. 주변 곳곳의 골목에는 화려한 네온사인들이 손님들을 끌려고 분주하게 반짝거리고 있었다. 밤이 되어 날씨가 좀 쌀쌀해지니, 덕일은 갑자기 따끈한 국물 생각이 났다. 주변을 둘러보니, 마침 소주 한잔 할 만한 곳이 제법 눈에 띄었다. 이런 시각에는 소주 한잔이 제격이긴 한데. 혹시나 재화를 찾았을 때 놓치게 될까봐 포기해야 했다. 아까 김민정 교수의 말이 생각났다.

"예전에 재화 씨가 그런 말을 한 적이 있었어요. 자기가 뭐 고등학생 때에는 100미터를 11초 플랫에 주파했다나? 스파이크도 없이 그냥 운동화로 뛴 거라고 하더군요. 가끔 자기 자랑이 있는 편이라서, 그냥 하는 말인 줄 알았는데……."

덕일은 포장마차로 들어가 어묵 하나를 들고는, 종이컵에 국물을 따르면서 한 입 베어 물었다. 그러고 나서 뒤를 돌아 거리를 바라보니 어디론가 분주히 걷는 사람들, 삼삼오오 짝을 지어 어깨동무를 하며 2차 가자고 떠드는 사람들, 광고전단지를 돌리는 사람들, 팔짱을 끼고 다정하게 걸어가는 연인들, 대리운전을 부르고 기다리는 사람들……. 덕일이 언제부턴가 잊고 산 평범한 풍경들이었다. 갑자기 세상을 떠난 아내가 보고 싶어졌다. 그 일만 아니었으면. 그때 회의만 없었더라면. 그때 조금만 일찍 퇴근했더라면!

47

덕일은 그날 동료들과 저녁을 먹고 다시 긴급회의를 하고 있었는데, 9시가 넘은 시각에 아내는 전화를 해서 갑자기 딸기가 먹고 싶다고 했다. 덕일이 미안하다며 회의가 아직 안 끝났다고 했고, 집에 들어갈 때 꼭 사 가지고 가겠다고 약속하며 끊었는데 그게 아내와의 마지막 통화가 될 줄이야. 아내는 자신이 직접 딸기를 사러 나갔다가, 과속으로 미처 브레이크를 제때 밟지 못한 외제 스포츠카에 그만 치이고 말았던 것이다. 그 외제차는 그 자리에서 뺑소니를 쳤는데, 나중에 범인을 잡고 봤더니 20대의 젊은이였다. 그런들 무슨 소용이랴, 아내는 이미 세상을 떠난 후였는데.

덕일은 다시 정신을 차리고, 허겁지겁 포장마차를 나왔다. 시계를 보니 벌써 11시를 가리키고 있어서 서울역 부근으로 돌아오니, 노숙자들이 서서히 모여들어 신문지를 깔고 눕기 시작했다. 잠시 그들을 살피던 덕일은 다시 걸음을 옮겨 서울역 안으로 들어가, 천천히 대합실 주변을 살피기 시작했다. 그러기를 15분 정도, 한쪽

구석에 몇몇 노숙자들이 함께 누워 있는 곳으로 건너가 한 명씩 살피기 시작했다. 그때였다. 갑자기 중간에 누워 있던 남자가 벌떡 일어나더니, 덕일을 온 힘을 다해 밀쳐버리고는 밖으로 달아나기 시작했다. 재화였다!

덕일은 순간 뒤로 넘어졌다가, 얼른 다시 일어나 재화를 쫓기 시작했다. 한참을 달리던 재화는 아까 덕일이 어묵을 먹었던 포장마차 골목 쪽으로 방향을 틀었다. 덕일은 재화를 쫓으며 소리 질렀다.

"신재화, 멈춰! 신재화!"

재화는 아랑곳하지 않고 계속해서 뛰었다. 그러자 덕일이 다시 소리 질렀다.

"널 잡으러 온 게 아냐! 아니라고!"

재화는 덕화의 말이 귀에 들어오지 않는 듯 계속해서 뛰다가, 이내 방향을 틀어 다른 골목으로 들어갔다. 그러고는 또 뛰기 시작했다.

"젠장, 빠르긴 빠르구먼!"

헉헉거리며 그렇게 한참을 쫓고 쫓기더니, 앞쪽으로 고가도로가 보이기 시작했다. 재화는 골목을 나와 무작정 대로를 횡단했다. 늦은 시각이라 차들이 드문드문 보이기는 했지만 그만큼 차들이 빠른 속도로 주행하고 있었고, 또 얼핏 봐도 10차선은 되어 보이는 넓은 대로였기에 대단히 위험했다. 다행히 재화는 무사히 대로를 건넜다. 덕일 역시 앞뒤 안 가리고 무작정 대로로 뛰어들었는데, 그때 왼편에서 달리던 자동차가 경적을 누르며 급브레이크를 걸었다.

"끼익!"

덕일은 순간 당황한 나머지 본능적으로 팔로 자신의 머리를 감싼 채 서 있었다.

"야! 죽고 싶어?"

멈춰 선 차 창문이 열리더니, 운전자가 고개를 내밀고 다짜고짜 덕일에게 소리를 질렀다. 하긴, 덕일이 잘못했으니 무슨 할 말이 있으랴. 사고가 안 생긴 게 천만다행이었다. 덕일은 미안하다는 손짓을 하고, 거친 숨을 내시며 대로 앞 길가에 우두커니 서서 길 건너편의 재화를 바라볼 수밖에 없었다. 재화는 그때서야 마음을 놓은 듯, 뒤를 돌아 덕일이 더 이상 쫓아오지 않는 것을 확인하고는 골목 쪽으로 걸어갔다.

그때 덕일은 다시 재화에게 소리쳐 말했다.

"야! 신재화! 내 말 들어! 네 아내하고 얘기했다고!"

재화는 그 말에 깜짝 놀랐는지, 골목으로 들어가다 말고 순간 걸음을 멈추고는 덕일을 쳐다보았다. 재화가 반응을 보이자, 덕일이 다시 소리쳤다.

"네 아내하고 얘기했는데, 뭔가 문제가 있……"

"부웅~쾅!"

골목에서 갑자기 뛰쳐나온 차량에 치인 재화는 공중으로 붕 떴고, 잠시 후 재화는 뒷머리부터 땅에 떨어져 내동댕이쳐졌다. 덕일은 너무나 갑작스럽게 일어난 일에, 길 건너편에서 그 장면을 그저 멍하니 쳐다볼 수밖에 없었다.

"신재화! 신재화!"

덕일은 즉시 멈칫멈칫 오가는 차량들을 손짓으로 멈춰 세우고는, 무작정 대로를 횡단해 건너갔다. 땅에 떨어진 재화의 머리 부근은 이미 붉은색으로 흥건히 적셔져 있었다. 덕일은 정신없이 핸드폰으로 119를 눌러 신고하고는, 재화를 부르기 시작했다.

"신재화! 정신 차려, 신재화! 내 말 들려? 신재화!"

그때 덕일의 등 뒤에 서 있던 한 남자가 그 모습을 확인하고는, 누군가에게 전화를 하더니, 말했다.

"처리했습니다. 마무리만 하면 됩니다."

잠시 후, 119 구급차가 바로 와서는 재화를 싣고 갔다. 망연자실해진 덕일이 우두커니 서서 그 장면을 바라보다가, 문득 핸드폰을 열었다. 최근 기록을 확인해 보니, 119에 신고한 지 1분이 채 안 되어 구급차가 도착했던 것이다. 덕일은 급하게 택시를 잡아타고는 구급차를 따라갔다.

"저 앞의 구급차 따라가요, 어서요!"

택시기사는 쫓아가며 덕일에게 물었다.

"환자 일행인가 보죠?"

"경찰입니다. 급해요! 빨리 따라가서 저 차를 막아야 되요!"

택시가 속도를 더하더니, 이내 구급차 앞을 막아섰다.

"끼익!"

택시가 구급차를 가로막고 멈추자, 구급차 역시 급히 멈춰
섰다.

"경찰이다, 모두 내려!"

덕일의 신분증을 보고 구급차가 서자, 덕일은 차 뒤로 달려가
문을 열었다. 하지만 구급차 안 간이침대에는 재화가 호흡기를 한
채 누워 있었고, 간호사와 보조원이 놀라서 덕일을 바라보고 있었
다. 덕일은 자신의 예상이 빗나간 듯, 약간 어색해 하더니 구급차
에 올라탔다.

"경찰입니다. 같이 가겠습니다."

덕일이 구급차에 올라타서 문을 닫으려고 몸을 뒤로 돌리자,
보조원이 손에 쥐었던 카드형 USB를 황급히 자신의 바지 주머니에
넣었다.

구급차는 한 대형 병원 응급실 문 앞에 도착했고, 곧이어 대기

진이 나와 재화를 침대로 옮기고는 서둘러 응급실로 들어갔다. 그리고 이십 분 즈음 지났을까? 커튼이 열리고 의사가 나오자, 덕일이 물었다.

"어떻습니까?"

의사는 덕일을 보고 고개를 젓더니, 이내 저쪽으로 사라졌다. 망연자실해진 덕일은 한참 동안 재화를 쳐다보다가, 갑자기 뭔가 생각난 듯 곁에 서있는 간호원에게 물었다.

"환자 귀중품 어디 있나요?"

"저쪽에 있습니다."

간호원이 가리키는 곳으로 다가가자 캐비닛 하나가 있었는데, 그 안에는 핸드폰과 지갑 그리고 100원짜리 동전 하나만이 담겨 있었다. 덕일이 지갑을 열어보니 천 원짜리 한 장, 신용카드 두 장과 신분증 그리고 재화의 명함이 몇 장 들어 있을 뿐, 아무리 찾아도 USB를 찾을 수는 없었다.

"뭐지? 특별한 건 아무것도 없는데?"

그리고 커튼 사이로 상의가 벗겨진 상태의 재화가 보였는데, 재화의 목에 걸려 있어야 할 목걸이 역시 온데간데없었다.

"삐리리리리, 삐리리리리"

잠시 후, 캐츠아이 반지를 한 사내에게 전화 한 통이 걸려왔다.

"처리했습니다."

"확인했고? 확실한 건가?"

"네, 파일 확인했고 모두 삭제시킨 후 소각했습니다."

"더 이상 남아 있는 자료는 없는 거겠지?"

"네, 늘 하던 대로 이미 연구실이나 집에 있는 종이 서류까지 모두 처리했습니다. 관련된 것은 전혀 없습니다."

그러자 캐츠아이 반지를 낀 사내가 안심한 듯 말했다.

"알았네, 수고했어."

덕일은 응급실에서 나와 핸드폰을 꺼냈다. 그러고는 김민정 교수의 전화를 찾아 핸드폰 송화버튼을 만지작만지작 하더니, 이내 다시 집어넣고 말았다. 밤하늘을 한참 동안 바라보던 덕일은 다시 핸드폰을 걸어 누군가에게 전화를 했다.

"나야. 아까 서울역 앞에서 발생한 교통사고 용의자 좀 알아봐 줘. 차번호도 조회해주고."

덕일은 택시를 잡아타고 다시 서울역 현장으로 돌아가, 주변을 살피기 시작했다. 어쩌면 차에 튕겨지면서 뭔가가 떨어져 나왔을 수도 있다는 막연한 기대감 때문이었다. 아직 밤하늘이 어둡기는 했지만, 서울역 주변이 워낙 밝거니와 가로등 불빛 때문에라도 사물을 인식할 정도는 되었다.

노자의 유언

48

　3년 후. 덕일은 20평 남짓한 그리 크지 않은 공간의 책상에서 꼼꼼하게 문장을 교정하고 있었다. 책상 옆의 한 견에는 싱크대와 간이침대가 있는 걸로 봐서, 여기서 생활을 하고 있는 것처럼 보였다. 머리는 벌써 반백이었고, 안경테 사이로 보이는 눈주름도 선명해졌다. 잠시 후 덕일은 교정을 다 마친 듯 의자에 잠시 기댔다가 몸을 일으켜 인쇄기 쪽으로 향하더니, 이내 소음이 일며 인쇄기가 돌아가기 시작했다. 그리고 며칠 후, 대형 서점들마다 책 꾸러미가 도착하고 직원들이 끈을 풀러 진열대에 비치하기 시작했다.

　'베리타스(VERITAS)'

　로마신화에 나오는 새턴의 딸로 선행과 진리의 신이고, 라틴어로는 '진리'라는 의미였다. 이 책은 서점과 인터넷서점에서 잔잔하게 그리고 서서히 세상의 주목을 받기 시작하여 나온 지 한 달이 채 안 되어 신문과 TV에까지 소개되었다. 그리고 세 달이 안 되어 한국 베스트셀러 순위 내에 들었고, 또 그로부터 반년이 채 안 되어 결국 영어를 시작으로 일본어, 중국어, 러시아어, 프랑스어 등 세계 각 언어로 번역되어 출판되기에 이르렀다.

　"오늘은 한국뿐 아니라 전 세계를 뜨겁게 달구고 있는 베스트셀러 '베리타스'를 집중 조명해 보도록 하겠습니다. 지금 '베리타스'를 얘기하지 없는 이가 없다고 해도 과언이 아닌데요. 그 주된 원인이 어디에 있다고 보십니까?"

남성 아나운서의 물음에 여성 리포터가 대답하기 시작했다.

"네, 무엇보다도 이 '베리타스'에서 언급하는 핵심이 바로……."

덕일은 텔레비전의 한 토론 프로그램을 시청하고 있다가, 서서히 3년 전의 일들을 회상하기 시작했다.

49

덕일은 재화의 사고가 있던 날, 사고 반경 50미터 주변을 샅샅이 뒤지기 시작했다. 잠시 후, 용의자 조사를 부탁한 동료에게서 전화가 왔다.

"그래, 어떻게 됐어?"

덕일이 궁금한 듯 물었다.

"정확한 건 더 조사해 봐야겠지만, 용의자는 50대 남성이라는군."

"그래서?"

"평범한 사업가인데, 직원들하고 회식을 하고 집까지 가까운

거리라서 직접 차를 몰고 가다가 그랬다는데?"

"음주운전? 아무리 그래도, 그 좁은 골목에서 사람이 튕겨져 나가도록 밟아?"

덕일이 이해가 안 간다는 듯 물었다.

"단속에 걸릴까봐, 급한 마음에 그랬다더군."

"순순히 혐의를 인정한다는 거지?"

덕일이 재차 확인하기 위해 물었다.

"그렇다니까! 근데 좀 이상한 게 있어."

"뭔데?"

"보통 처음에는 완강하게 부인하거나 어쩔 줄 몰라서 안절부절하는 게 정상인데, 이 용의자는 너무나도 침착하게 음주운전 사실을 인정했다는 거야. 술 마신 사람치고는 몸의 움직임이나 말도 아주 조리 있게 또박또박했다고 하더군."

"그래?"

"또 하나. 사건과 관련이 있는지는 모르겠지만, 이 사람이 경영하는 회사가 파산할 위기에 처해 있다더군."

"그런데?"

"같이 있었던 주변 직원들을 상대로 전화 조사해 봤는데, 사장이라는 사람은 전혀 술을 못한다더군. 그런데 요새 회사 상황이 너무 안 좋아서인지, 그날따라 소주 두 잔을 단숨에 들이켰다는 거야.

그것도 자리를 뜨기 불과 몇 분 전에. 그리고 경찰 조사를 받는 틈 틈이, 이상하게도 표정이 무척이나 온화하더라는 거야. 마치 이제 는 살았다는 듯한······"

이 말에 덕일 역시 의아해질 수밖에 없었다.

"알았어. 아무튼 고마워. 혹시 새로운 정보가 있으면 또 알 려줘."

50

서울의 한 삼겹살집. 50대 중후반 가량 보이는 중년 남성이 함 께 온 동료들끼리 오가는 시끌벅적한 고음 속에 파묻혀, 홀로 무언 가 깊은 생각에 잠겨 있다. 언뜻 보아하니 회사 직원들끼리 회식을 하고 있는 듯한데, 서로 간에 고성이 오가는 것이 왠지 회사 회식 이라고 하기에는 너무나도 분위기가 험악해 보였다. 직원들 간에 오가는 소리를 들어보면 무언가 회사에 대한 불만이 가득했고, 급 기야 여기저기서 볼멘소리들이 튀어나오기 시작했다. 심지어 몇몇 남자들은 그 답답함을 이기지 못해 연신 소주잔을 들이켰다.

잠시 후, 한 남자 직원이 벌떡 일어나 소주병과 잔을 들고 홀로 고민에 잠긴 그 50대 남성 곁으로 다가갔다. 그 직원은 이미 취기가 돌았는지 몸을 좀처럼 가누지 못하고 비틀비틀 거렸다.

"김 사장님, 한잔 하시죠. 우리 얘기 좀 합시다!"

그랬다. 직원들 사이에서 홀로 말없이 앉아 있던 중년 남성은 바로 회사 사장이었다.

순간, 사람들의 모든 이목이 그 둘에게로 쏠렸다.

"사장님은 술 못하시잖아요!"

옆에 있던 한 여직원이 나지막한 소리로 말렸지만, 이미 소용이 없는 일이었다.

"못 마시기는! 원래 말술인데, 술을 끊은 거지!"

그 여직원이 다시 만류하자, 그 남자 직원이 취기에 소리를 질렀다.

"이거 봐! 왜, 할 말도 못해? 내가 아니 우리가 뭘 잘못했는데?"

두 남녀가 그렇게 옥신각신하고 있는 모습을 착잡한 표정으로 바라보던 사장은, 잠시 후 회상에 잠기기 시작했다.

며칠 전, 사장의 핸드폰으로 한 통의 전화가 걸려왔다.

"네, 여보세요?"

"김 사장님이시죠?"

"네, 그런데요?"

"김 사장님의 회사 사정을 잘 알고 있습니다. 저희가 원하는 일을 하나 처리해주시면, 자금압박 문제를 바로 해결해 드리겠습니다."

"무슨 말씀인지? 실례지만, 어디시죠?"

그러자 전화를 건 남성은 기다렸다는 듯 말을 잇기 시작했다.

"슬하에 1남 1녀를 두고 계시죠? 현철이는 학비 문제로 휴학하고 군대에 들어갔고, 현지도 매일 아르바이트 때문에 새벽녘에나 녹초가 되어 집에 돌아오고 있더군요. 사모님도 보험 판매를 하겠다며 밖을 전전하고 계시던데."

의아해진 김 사장이 물었다.

"도대체 누구신데?"

전화 속 남성의 목소리가 계속 이어졌다.

"거래 지속을 이유로 압박해서 하는 수 없이 손해를 보면서도 헐값으로 납품했는데, 결국에는 이렇게 배신당해서 경영 위기에 빠지게 되셨죠? 다시 한 번 말씀드리지만, 저희 일을 처리해주시면 회사 경영이 회복되고도 남음직한 충분한 자금을 바로 입금시켜드리겠습니다. 물론 뒤끝 없이 깔끔하게요. 관심 있으시면, 이 번호로 연락바랍니다."

김 사장이 몹시 놀라 물었다.

"여보세요? 여보세요? 도대체 무슨 말씀을 하시는 건지 도통 모르겠군요. 누구신데 제 사생활을 이리 잘 아시는 거죠? 여보세요?"

하지만 전화는 이미 끊어졌고, 그날 이후로 김 사장은 늘 그 생각으로 고민하고 있었던 것이다. 다시 직원들 사이에서 오가는 고성들이 차츰 김 사장 귀에 들어오기 시작하자, 김 사장은 이내 몸을 일으켜 밖으로 나가 핸드폰을 열었다.

"네, 기다리고 있었습니다. 김 사장님!"

"제가 뭘 어떻게 하면 되죠?"

다소 걱정된 목소리로 김 사장이 입을 열자, 전화 속 남성의 명쾌한 목소리가 들렸다.

"현명하신 선택입니다. 일은 의외로 아주 간단합니다."

통화를 마친 김 사장은 다시 자리로 돌아와 앉았다. 그리고 무언가를 곰곰이 생각하더니, 이내 소주잔을 들어 연신 두 잔을 꺾고는 다시 일어났다.

"여러분, 제가 급한 일이 있어 먼저 일어나겠습니다. 죄송합니다. 정말 죄송합니다!"

갑작스런 김 사장의 행동에, 직원들은 서둘러 문을 열고 나가는 그의 뒷모습을 그저 멍하니 바라보고 있을 뿐이었다.

51

덕일은 동료한테 걸려온 전화를 끊고, 날이 샐 때까지 계속 단서를 찾았다. 그러다가 결국 포기하고 그 장소를 떠나려 할 때, 마침 대로변의 하수구 하나에서 아주 미약하게 새벽빛을 받아 반짝거리는 뭔가를 발견했다. 하수구로 다가가 손가락을 넣어 보았지만 구멍이 너무 작아 들어가지 않아서, 주변에 있는 나무막대로 겨우겨우 꺼내서 보니 목걸이에 걸린 작은 금빛의 USB였다. 덕일은 혹시나 주변을 살펴 자신을 감시하는 사람이 있는지 둘러보고, 오는 내내 미행이 따라붙었는지도 확인하면서, 바로 집으로 돌아와 컴퓨터를 켰다. USB를 본체에 꽂아 클릭하니, "노자"와 "일기" 두 폴더가 있었다. 덕일은 먼저 "노자"를 클릭하여 대강 훑어보더니, 다시 "일기" 폴더를 클릭하고는 천천히 읽어나가기 시작했다.

잠시 후 덕일의 핸드폰이 울리기 시작했는데, 서장이었다.

"사건 종료일세. 수고했네!"

덕일이 말했다.

"신재화가 죽으면 사건종료 되는 건가요?"

"뭐 그렇다고 봐야지. 더 이상 추적할 상황도 아니고. 아무튼 내일부터 당장 출근하게!"

"네, 내일 뵙겠습니다."

전화를 끊은 덕일은 뭔가 이상함을 느꼈다.

'기밀이라고 해놓고, 내가 아직 보고를 하지 않았는데도 서장이

노자의 유언

신재화가 죽은 걸 어떻게 안 거지? 더군다나, 결과적으로 난 아무 것도 한 게 없는데 뭐가 수고했다는 거야?'

덕일은 풀리지 않는 의문점이 점차 커져갔지만, 잠시 뒤로하고 계속해서 재화의 일기를 읽어 나갔다.

보름 후, 덕일은 경정으로 승진했다. 하지만 그로부터 반년이 채 안 되어 다시 경찰직을 그만두고 나왔다. 주변에서 만류했지만, 덕일의 뜻은 확고한 듯했다.

"성 경정, 아니 성덕일이. 자네 왜 그러나?"

서장이 사직서를 제출하러 온 덕일을 앉히고 설득하기 시작했다.

"이제 다시 맘 잡고 일을 시작한 것 같더니, 왜 갑자기 사직서를 내겠다는 거야? 도대체 무슨 일이야?"

"사실, 일이 손에 안 잡힙니다. 자꾸 사건을 맡을 때마다 세상을 떠난 아내 모습도 떠오르고……. 극복하기가 어렵습니다."

"우리가 자네 곁에 있잖나! 더구나 자넨 아직 창창하잖아?"

"서장님, 복귀한 지도 벌써 반년입니다. 그동안 많은 생각을 했습니다. 아니라고 부정도 해 보았고, 잊어버리려고 일에 몰두하기도 했습니다. 그런데, 그런데, 때로는 도저히 극복이 안 되는 것들도 있더군요."

덕일의 완고한 모습에, 서장이 잠시 생각하더니 입을 열었다.

"흠. 그 정도인 줄은 몰랐네. 미안하네."

"아닙니다. 그동안 신경 써 주셔서 감사했습니다."

"그래. 이 일을 그만두면, 뭘 할 계획인가?"

"아직 뚜렷하게 생각한 것은 없습니다. 음, 일단은⋯⋯."

잠시 생각하던 덕일은 앞에 있는 찻잔을 들어 한 모금 마시고
는 말을 이었다.

"일단 한 달 정도 국내로 여행을 다녀오려 합니다. 그리고 뭐라
도 좀 배워보려고요."

"배운다고? 뭘?"

"글쎄요. 먹고 살기는 해야 하니까, 귀농도 좋겠죠."

"흠, 알았네. 종종 연락하세나!"

서장이 몸을 일으켜 악수를 청하자, 덕일은 악수를 하고 서장
실을 나왔다. 그리고 미리 챙겨온 배낭을 메고는, 발걸음을 서울역
으로 향했다.

52

한 달 후. 여행을 다녀온 덕일은 경기도 파주 일대의 한 아파트

노자의 유언

로 이사를 했다. 그리고 부근의 농경지를 임대해 감자, 옥수수 등을 심고 가꾸며 나름대로의 전원생활을 시작했다. 그리고 또 몇 개월이 지나자, 주변의 출판디자인학원에 등록해 공부하기 시작했고, 남는 시간에는 계속해서 재화의 USB에 담긴 내용들을 보았다. 노자의 『도덕경』과 관련하여 필요한 서적은 구입하거나 도서관에서 대출해서 재화의 원고와 비교해가며 공부했다. 그렇게 새로운 인생을 산 지도 1년여, 덕일은 살던 집의 전세금을 빼고 그동안 모아둔 돈과 퇴직금을 모두 합해서 파주 일대의 출판단지에 조그만 공간을 하나 얻었다.

사실, 덕일이 경찰 일을 그만둔 이유는 바로 자기가 직접 재화의 책을 내겠다고 결심했기 때문이었다. 굳이 바로 그만두지 않고 시간을 끈 이유는, 너무 갑작스럽게 그만두면 주변 인물들에게 행여나 자신이 재화와 관련된 단서를 가지고 있다는 의심을 살 수도 있다는 추측 때문이었다. 또한 재화를 친 그 사업가의 모습을 통해서, 덕일은 어쩌면 재화의 "국가를 초월한 거대조직이 뒤에 있다!"는 말이 맞을 수도 있다는 생각을 했기에, 최대한 시간을 끌며 점차 그들의 감시망을 느슨하게 하려 한 것이었다.

하지만 책 한 권을 출판한다는 것이 생각과 달리 그리 녹록지만은 않았다. 모든 일이 그러하듯이 덕일은 무수한 시행착오를 겪었고, 그때마다 주변의 출판사나 인쇄공장들을 찾아가 물어물어

고쳐나갔다. 물론 인쇄를 공장에 넘길 수도 있었겠지만, 덕일은 이 모든 일을 자기 손으로 직접 하고 싶었다. 아니 어쩌면 이것이 자신의 운명일지도 모른다고 생각했다는 표현이 더 맞을지도 모른다. 더군다나 재화의 일기를 통해 깨달은 왕빈강 교수와 재화의 죽음 그리고 성중의 불행이 결코 우연이 아닌 것 같다는 심증이 시간이 갈수록 점점 더 강해지자, 이제는 더 이상 어느 누구도 믿을 수 없다고 판단했기 때문이기도 했다. 그래서 책 제목도 일부러 언뜻 보기에는 노자와 전혀 상관이 없어 보이는, 하지만 성중과 왕빈강 교수 그리고 재화의 노력과 희생이 담겨져 있는 의미의 단어를 고르려 신중에 신중을 거듭했다. 그리고 마침내 인쇄기가 돌아가기 시작했다.

53

이제 1%가 아닌 99%를 위한 시위는 전 세계적으로 확대되었고, 그 시위대의 구호는 '베리타스'였다. 지도자가 백성을 두려워하고 존중하며 또 그들을 위해서 딴 마음을 품지 않고 순수한 마음으로 애쓰는 것이야말로 참된 정치라는 노자의 뜻이 마침내 세상에 알려진 때이기도 했다.

그리고 얼마 후, 한국의 대통령 대국민담화가 있었다. 덕일은 컴퓨터 인터넷을 통해서 대통령담화를 시청했다.

"국민의 뜻에 부합하여, 더욱 국민을 어려워하고 섬기는 마음으로 국가를 운영해 나가겠습니다. 나아가 어느 누구 하나 뒤처지는 이들이 없도록, 양 끝단을 잡아 가운데를 집는 중용의 정치를 실행해 나가겠습니다. 이제 여야는 더 이상 대치하지 않고 정당의 이익을 위해서가 아니라, 국민과 나라 나아가 세계의 이익을 위해서 한 목소리를 내도록……."

그때, 텔레비전 화면에서는 연설하고 있는 대통령의 모습이 점차 클로즈업 되더니, 연설대 위로 대통령의 양복 왼쪽 가슴에 달려 있는 배지가 눈에 띄었는데, 붉은색 바탕에 흰 줄이 가 있는 캐츠아이가 박혀 있고 백금으로 그 주변 테두리를 처리한 것이었다.

그 이후, 마치 약속이나 한 듯이 세계 각국 수뇌들의 담화가 속속 이어졌다. TV에 비친 세계 각국 수뇌들의 양복 왼쪽 가슴이나 왼쪽 손가락 검지에는 모두들 하나같이 붉은색 바탕에 흰 줄이 가 있는 캐츠아이가 박혀 있고 금으로 테두리를 한 배지와 반지가 껴져 있었다.

한국을 비롯한 세계 각국의 굴지의 대기업들 역시 신문과 방송을 통해서, 각국 수뇌들의 뜻에 따라 이윤의 상당수를 사회에 환원하고 수입을 투명화함으로써 국민의 알 권리와 교육 발전에 이바

지하며 더욱 낮은 사세로 임하셨다는 성명을 발표하기 시작했다.

54

그로부터 얼마 후, TV에서 한 프로그램이 방영되고 있었다.

"오늘은 '베리타스'를 출판한 대동출판사 성덕일 사장을 모시고 이야기를 나눠보겠습니다. 이제 '베리타스'는 한국의 베스트셀러일 뿐만 아니라 전 세계적인 베스트셀러가 되었고, 또한 '1%가 아닌 99%를 위한 시위'의 도화선에 불을 지핀 근원적인 역할을 하기도 했습니다. 이 책에 의하면, 노자는 일관되게 소강의 '예'와 '법'을 통한 통치를 반대하여 '덕치'를 펴는 대동사회로의 복귀를 주장하고 있는데요. 이러한 대동 사회는 어떠한 말이나 제도 등의 명분화된 개념으로 설명될 수 있는 것이 아니라, 지도자가 삼가고 노력하며 몸소 실천하는 모습을 통해서 실현된다는 겁니다. 또한 나라를 잘 다스리려면 삼가 인재를 잘 등용해야 하고, 이러한 인재를 선발하는 것이 바로 지도자의 가장 큰 역할이자 능력이라는 점을 강조하고 있습니다. 이상으로, 간략하게나마 책 소개를 드렸습니다. 사실 이 책의 내용에 대해서는 굳이 따로 설명을 안 드려도 모르시는 분들이 없겠습니다만, 많은 분들이 박성중과 신재화 이 두 저자에 대해서 궁금해 하고 있는데요. 사장님께서는 이 두 저자와 어떤 인연으로 지금까지 함께하시게 된 겁니까?"

이때 뒤에서 준비하고 있던 스텝 하나가 덕일에게 말했다.
"준비되셨나요?"
덕일은 그 목소리에 문득 생각하던 것이 끊겼다는 표정을 짓더니, 이내 돌아서서는 미소를 머금으며 서서히 고개를 끄덕였다.

"음, 그러니까 3년 전으로 거슬러 올라갑니다. 그때 저는 경찰이었는데, 어느 날 우연히 신재화 교수 사건을 맡게 되었습니다. 어쩌면 그것은 우연이 아니라 필연이었는지도 모르겠군요."
입원실에 있는 TV를 통해 덕일의 인터뷰를 시청하고 있던 창징은 곁에 누워 있던 성중의 손을 꼭 잡고, 비교적 또렷한 한국어로 이야기했다.
"어때요. 당신의 뜻대로 세상이 노자의 뜻을 이해하게 되었네요. 이제 성중 씨 마음도 좀 풀어졌나요?"
창징은 재화가 떠나고, 그동안 틈틈이 한국어를 공부한 듯했다. 그런데 창징이 그 말을 하자 성중은 마치 그 말을 알아들은 듯, 한 쪽 눈이 약간 촉촉해지더니 눈물처럼 맺히기 시작했다. 그리고 잠시 후.

"뚜……"

마치 그 한 마디를 듣기 위해서 지금까지 버텨왔다는 듯 성중의 EKG 모니터에서 소리가 났고, 창징은 그저 아무 말 없이 성중을 바라보며 눈물을 흘렸다. 사실, 성중은 폐렴 등의 합병증으로 인해 지금까지 버틴 것 자체가 이미 의학적으로는 도저히 설명이 불가능한 기적 그 자체였다. 어쩌면 성중은 창징을 한 번 더 만나야 한다는, 그리고 자신의 뜻이 세상에 전달되기를 바라는 일념으로 지금까지 초인적인 힘을 발휘해서 버틴 것일지도 모른다.

그로부터 며칠이 지나고, 덕일과 민정 그리고 창징은 파주 일대의 묘지공원을 방문했다. 그리고 어딘가에 차를 세우더니 조금 걸어 올라가서는 걸음을 멈췄다.

'박성중, 여기에 잠들다.'

'신재화, 여기에 잠들다.'

세 사람은 나란히 함께 있는 묘 앞에 간단하게 제사상을 차리고, 절을 두 번 했다.

"엄마, 여기가 어디에요? 우와, 여기 무지 크다!"

저쪽에서 꼬마 하나가 달려와 민정에게 안겼다.

"아빠하고 아빠 친구가 묻힌 곳이야. 예준아, 여기서는 조용해야 해요."

노자의 유언

민정이 허리를 숙이고 아들의 볼에 뽀뽀했다. 미소를 지으며 그 모습을 바라보던 덕일은 잠시 창징을 쳐다보더니, 파란 하늘을 바라보며 생각했다.

"常靜(창징), 柳慈儉(류츠잰), 朴性中(박성중), 申栽和(신재화), 成德一(성덕일). 변치 않음(常: 상), 함부로 명령하지 않음(靜: 정), 자애로움(慈: 자), 검소함(儉: 검), 공정하고도 객관적인 태도(中: 중), 어느 누구 하나 버리지 않고 함께 함(和: 화), 덕치(德: 덕), 두 마음을 품지 않는 순일함(一: 일). 이 모두가 함께 했을 때 참된 대동사회가 열린다. 이것도 역시 피할 수 없는 숙명이었나?"

55

왼쪽 손가락 검지에 붉은색 캐츠아이 반지를 낀 이들이 화상회의를 열고 있었는데, 역시 모든 발언들이 동시통역되어 각국에 전달되고 있었다. 한국 대표가 이어서 말했다.

"'우임금의 아들 계가 어질어 도를 계승할 수 있었는데도, 우임금은 익을 하늘에 천거했다. 하지만 노래하는 사람과 조정에 알현하러 오는 이들이 익에게 가지 않고 계에게로 가서 우리 임금의 아들이다! 라고 말하니, 마침내 계가 임금이 되었다.'라는 기록이 『십

팔사략』에 있습니다. 바로 이때부터 대농사회가 끝나고 소강사회가 시작되었습니다. 그리고 소강사회가 시작되면 거듭 법률과 제도를 강화하여 통제하기 때문에 국민들은 교묘히 빠져나갈 궁리만 하게 되고, 그렇게 되면 머지않아 세상은 다시 난세에 빠지게 되지요. '물극필반(物極必反)' 즉 '달이 차면 기울기 마련'입니다. 어차피 사람의 마음속에는 물질에 대한 욕심과 향상의지라는 것이 존재하기 때문에, 영원히 평탄할 수만은 없습니다. 반드시 변화라는 놈이 꿈틀거리게 되죠. 역사는 끝없이 돌고 도는 것입니다. 일단 저희는 시간을 두고 조용히 현 상황을 지켜보기로 합시다. 불행 중 다행인 것은 아직까지도 세상 사람들이 지배구조의 본질을 완전히 파악하지는 못했다는 점입니다. 지금 불고 있는 '1%가 아닌 99%를 위한 시위'가 바로 그 전형적인 예라고 할 수 있지요. 세상을 지배하는 것은 1%가 아닙니다."

한국 대표는 잠시 하던 말을 멈추고 손가락에 끼워져 있는 반지를 이리저리 돌리다가 한순간 뚫어지게 응시하더니, 이내 자신감이 가득 찬 표정으로 고개를 들며 다시 말을 이었다.

"이 캐츠아이의 문양은 언뜻 보기에는 1처럼 보이지만 자세히 보면 0.1 심지어는 0.01까지도 나타내지요. 사람들이 1%에 대해서만 이야기하는 동안은, 우리 0.01%가 지배하는 시대가 언젠가 또 오기 마련이니까!"

노자의 유언

한국 대표가 끼고 있는 반지에서 '1'의 문양을 두 겹으로 에워싼 원형의 캐츠아이가 빛을 받아 반짝거리고 있었다.

노블레스 오블리주
노자의 유언

초판 1쇄 발행일 2013년 1월 21일

지은이 안성재
펴낸이 박영희
편집 이은혜 · 유태선 · 정지선 · 김미령
인쇄 · 제본 태광인쇄
펴낸곳 도서출판 어문학사
　　　　서울특별시 도봉구 쌍문동 523-21 나너울 카운티 1층
　　　　대표전화: 02-998-0094/ 편집부1: 02-998-2267, 편집부2: 02-998-2269
　　　　홈페이지: www.amhbook.com
　　　　트위터: @with_amhbook
　　　　블로그: 네이버 http://blog.naver.com/amhbook
　　　　　　　　다음 http://blog.daum.net/amhbook
　　　　e-mail: am@amhbook.com
　　　　등록: 2004년 4월 6일 제7-276호

ISBN 978-89-6184-290-7 03810
정가 12,000원